U0132484

精選原著

水滸傳

賀聖遂 選編

商務印書館

精選原著水滸傳

作　　者：〔明〕施耐庵
選　　編：賀聖遂
責任編輯：吳一帆
封面設計：涂　慧
出　　版：商務印書館（香港）有限公司
香港筲箕灣耀興道 3 號東滙廣場 8 樓
http://www.commercialpress.com.hk
發　　行：香港聯合書刊物流有限公司
香港新界大埔汀麗路 36 號中華商務印刷大廈 3 字樓
印　　刷：盈豐國際印刷有限公司
香港柴灣康民街 2 號康民工業中心 14 樓
版　　次：2018 年 7 月第 1 版第 1 次印刷

ISBN 978 962 07 4569 0
Printed in Hong Kong

出版說明：原著與精選

經典值得看，也值得選。

古往今來，經典不少，即使只是翻閱一遍也不是人人都能負擔。因此我們選出經典原著的精華，印成小書。讀了小書之後，如果你對那大書發生興趣，則於我們實在是意外之喜。而無論如何，曾經讀過原著，即使是小書，也算親身體驗，少了些人云亦云。

為甚麼以原著精選而不以常見的改寫方式呢？因為文學經典的好處往往在字裏行間，學術經典的好處往往在轉折推理，保持原作的神韻和精彩處是這套精選本的心力所在。有時原作文字太深，要譯為白話，或篇幅過巨，迫得割捨部分章節，雖然與原意有點不符，但事非得已。

《水滸傳》是中國四大古典小說之一，語言淺顯生動，人物活靈活現。現以一百零八好漢中的三十六天罡星為中心，選成這本選本。經典情節多予保留，但部分人物礙於篇幅，只能略作交代。部分同音同義的用字，為適應現代讀者的用字習慣，已改成今日的字。

商務印書館編輯部

目　錄

第一回

高俅發跡報私怨
王進落難走他鄉

且說東京[1]開封府汴梁宣武軍，便有一個浮浪破落戶子弟，姓高，排行第二，自小不成家業，只好刺槍使棒，最是踢得腳好氣毬[2]。京師人口順，不叫高二，都叫他作高毬。後來發跡，便將氣毬那字去了毛傍，添作"立人"，改作姓高名俅。這人吹彈歌舞，刺槍使棒，相撲玩耍，頗能詩書詞賦；若論仁義禮智，信行忠良，卻是不會。只在東京城裏城外幫閒[3]。因幫了一個生鐵王員外兒子使錢，每日風花雪月，被他父親開封府裏告了一紙文狀，府尹把高俅斷了四十脊杖，迭配[4]出界發放。東京城裏人民，不許他在家宿食。高俅無計奈何，只得來淮西臨淮州投奔一個開賭坊的閒漢柳大郎，名喚柳世權。他平生專好惜客養閒人，招納四方乾隔澇[5]漢子。高俅投託得柳大郎家，一住三年。

後來哲宗天子因拜南郊，感得風調雨順，放寬恩大赦天下。那高俅在臨淮州，因得了赦宥罪犯，思鄉要回東京。這柳世權卻和東京城裏金梁橋下開生藥舖的董將士是親戚，寫了一封書札，收拾些人事盤纏，賫[6]高俅回東京投奔董將士家過活。

當時高俅辭了柳大郎，背上包裹，離了臨淮州，迤邐回到東京，逕來金梁橋下董生藥家，下了這封書。董將士一見高俅，看了柳世權來書，自肚裏尋思道：“這高俅，我家如何安着得他？若是個志誠老實的人，可以容他在家出入，也教孩兒們學些好，他卻是個幫閒破落戶，沒信的人，亦且當初有過犯來，被開封府斷配出境的人。倘或留住在家中，倒惹得孩兒們不學好了。”待不收留他，又撇不過柳大郎面皮，當時只得權且[7]歡天喜地，相留在家宿歇，每日酒食管待。住了十數日，董將士思量出一個緣由，將[8]出一套衣服，寫了一封書簡，對高俅說道：“小人家下螢火之光，照人不亮，恐後誤了足下。我轉薦足下與小蘇學士處，久後也得個出身。足下意內如何？”高俅大喜，謝了董將士。董將士使個人將着書簡，引領高俅逕到學士府內。門吏轉報小蘇學士，出來見了高俅，看罷來書，知道高俅原是幫閒浮浪的人，心下想道："我這裏如何安着得他？不如做個人情，薦他去駙馬王晉卿府裏，做個親隨。人都喚他作'小王都太尉'，便喜歡這樣的人。"當時回了董將士書札，留高俅在府裏住了一夜。次日，寫了一封書呈，使個幹人[9]，送高俅去那小王都太尉處。

這太尉乃是哲宗皇帝妹夫，神宗皇帝的駙馬。他喜愛風流人物，正用這樣的人。一見小蘇學士差人持書送這高俅來，拜見了，便喜。隨即寫回書，收留高俅在府內做個親隨。自此高俅遭際在王都尉府中，出入如同家人一般。自古道：日遠日疏，日親日近。

忽一日，小王都太尉慶誕生辰，吩咐府中安排筵宴，專請小舅端王。這端王乃是神宗天子第十一子，哲宗皇帝御弟，見[10]掌東駕，排號九大王，是個聰明俊俏人物。這浮浪子弟門風，幫閒之事，無一般不曉，無一般不會，更無般不愛。更兼琴棋書畫，儒釋道教，無所不通；踢毬打彈，品竹調絲，吹彈歌舞，自不必說。

且說這端王來王都尉府中赴宴。都尉設席，請端王居中坐定，太尉對席相陪。酒進數杯，食供兩套，那端王起身淨手[11]。偶來書院裏少歇，猛見書案上一對兒羊脂玉碾成的鎮紙獅子，極是做得好，細巧玲瓏。端王拿起獅子，不落手看了一回，道：“好！”王都尉見端王心愛，便說道：“再有一個玉龍筆架，也是這個匠人一手做的，卻不在手頭。明日取來，一併相送。”端王大喜道：“深謝厚意；想那筆架必是更妙。”王都尉道：“明日取出來，送至宮中便見。”端王又謝了。兩個依舊入席飲宴，至暮盡醉方散。端王相別回宮去了。

次日，小王都太尉取出玉龍筆架和兩個鎮紙玉獅子，着一個小金盒子盛了，用黃羅包袱包了，寫了一封書呈，卻使高俅送去。高俅領了王都尉鈞旨，將着兩般玉玩器，懷中揣着書呈，徑投端王宮中來。把門吏轉報與院公。沒多時，院公出來問：“你是哪個府裏來的人？”高俅施禮罷，答道：“小人是王駙馬府中，特送玉玩器來進大王。”院公道：“殿下在庭心裏和小黃門踢氣毬，你自過去。”高俅道：“相煩引進。”院公引到庭前。高俅看時，見端王頭戴軟紗唐巾，身穿紫繡龍袍，腰繫文武雙穗絛，把繡龍袍前襟拽紮起，揣在絛兒邊，足穿一雙嵌金線飛鳳靴。三五個小黃門相伴着蹴氣毬。高俅不敢過去衝撞，立在從人背後伺候。也是高俅合當發跡，時運到來，那個氣毬騰地起來，端王接個不着，向人叢裏直滾到高俅身邊。那高俅見氣毬來，也是一時的膽量，使個鴛鴦拐，踢還端王。端王見了大喜，便問道："你是甚人？"高俅向前跪下道："小的是王都尉親隨，受東人使令，賚送兩般玉玩器來進獻大王。有書呈在此拜上。"端王聽罷，笑道："姐夫直如此掛心。"高俅取出書呈進上。端王開盒子看了玩器。都遞與堂候官收了去。

那端王且不理玉玩器下落，卻先問高俅道："你原來會踢氣毬？你喚作甚麼？"高俅叉手跪覆道："小的叫高俅。胡亂踢得幾腳。"端王道："好！你便下場來踢一回耍。"高俅拜道："小的是何等樣人，敢與恩王下腳！"端王道："這是'齊雲社'，名為'天下圓'，但踢何傷。"高俅再拜道："怎敢。"三回五次告辭，端王定要他踢，高俅只得叩頭謝罪，解膝下場。才踢幾腳，端王喝彩，高俅只得把平生本事都使出來，奉承端王。那身份模樣，這氣毬一似鰾膠黏在身上的。端王大喜，哪裏肯放高俅回府去，就留在宮中過了一夜。次日，排個筵會，專請王都尉宮中赴宴。

卻說王都尉當晚不見高俅回來，正疑思間，只見次日門子報道："九大王差人來傳令旨，請太尉到宮中赴宴。"王都尉出來見了幹人，看了令旨，隨即上馬來到九大王府前，下馬入宮來，見了端王。端王大喜，稱謝兩般玉玩器。入席飲宴間，端王説道：“這高俅踢得兩腳好氣毬，孤欲索此人做親隨，如何？”王都尉答道：“殿下既用此人，就留在宮中伏侍殿下。”端王歡喜，執杯相謝。二人又閒話一回，至晚席散，王都尉自回駙馬府去，不在話下。

且説端王自從索得高俅做伴之後，留在宮中宿食。高俅自此遭際端王，每日跟着，寸步不離。卻在宮中未及兩個月，哲宗皇帝晏駕，無有太子。文武百官商議，冊立端王為天子，立帝號曰徽宗，便是玉清教主微妙道君皇帝。登基之後，一向無事。忽一日，與高俅道：“朕欲要抬舉你，但要有邊功，方可升遷，先教樞密院[12]與你入名，只是做隨駕遷轉的人。”後來沒半年之間，直抬舉高俅做到殿帥府太尉職事。

且説高俅得做了殿帥府太尉，揀選吉日良辰，去殿帥府裏到任。所有一應合屬公吏衙將、都軍禁軍、馬步人等，盡來參拜，各呈手本[13]開報花名。高殿帥一一點過，於內只欠一名八十萬禁軍教頭王進，半月之前，已有病狀在官，患病未癒，不曾入衙門管事。高殿帥大怒，喝道：“胡説！既有手本呈來，卻不是那廝抗拒官府，搪塞下官？此人即係推病在家，快與我拿來！”隨即差人到王進家來，捉拿王進。

且說這王進卻無妻子，只有一個老母，年已六旬之上。牌頭與教頭王進說道：“如今高殿帥新來上任，點你不着，軍正司稟說染患在家，見有病患狀在官。高殿帥焦躁，哪裏肯信，定要拿你，只道是教頭詐病在家。教頭只得去走一遭。若還不去，定連累眾人，小人也有罪犯。”王進聽罷，只得捱着病，進得殿帥府前，參見太尉，拜了四拜，躬身唱個喏，起來立在一邊。高俅道：“你那廝便是都軍教頭王昇的兒子？”王進稟道：“小人便是。”高俅喝道：“這廝！你爺是街上使花棒賣藥的，你省得甚麼武藝？前官沒眼，參你做個教頭，如何敢小覷我，不伏俺點視！你託誰的勢要，推病在家安閒快樂？”王進告道：“小人怎敢！其實患病未痊。”高太尉罵道：“賊配軍！你既害病，如何來得？”王進又告道：“太尉呼喚，安敢不來。”高殿帥大怒，喝令左右，教拿下王進，“加力與我打這廝！”眾多牙將都是和王進好的，只得與軍正司同告道：“今日是太尉上任好日頭，權免此人這一次。”高太尉喝道：“你這賊配軍，且看眾將之面，饒恕你今日，明日卻和你理會！”

王進謝罪罷起來，抬頭看了，認得是高俅，出得衙門，歎口氣道：“俺的性命今番難保了！俺道是甚麼高殿帥，卻原來正是東京幫閒的圓社[14]高二！比先時曾學使棒，被我父親一棒打翻，三四個月將息[15]不起。有此之仇。他今日發跡，得做殿帥府太尉，正待要報仇。我不想正屬他管。自古道：‘不怕官，只怕管。’俺如何與他爭得！怎生奈何是好？”回到家中，悶悶不已，對娘說知此事，母子二人抱頭而哭。娘道：“我兒，三十六着，走為上着。只恐沒處走！”王進道：“母親說得是。兒子尋思，也是這般計較。只有延安府老种經略相公[16]鎮守邊庭，他手下軍官，多有曾到京師，愛兒子使槍棒的極多。何不逃去投奔他們？那裏是用人去處，足可安身立命。”娘兒兩個商議定了。王進自去備了馬，牽出後槽，將料袋袱駝搭上，把索子拴縛牢了，牽在後門外，扶娘上了馬。家中粗重都棄了，鎖上前後門，挑了擔兒。跟在馬後。趁五更天色未明，乘勢出了西華門，取路望延安府來。

注 釋

1 東京——宋朝首都汴梁（開封）。

2 氣毬——“毬”字就是“球”字。外面是皮，裏面是羽毛。宋時人踢氣球，動作近似現在踢毽子。

3 幫閒——寄居在官僚或富豪家中，陪他們玩樂的食客。

4 迭配——把罪犯解送到他處。

5 隔澇——當時土話，不乾不淨、不清不楚的意思。

6 賫——把東西送給別人。

7 權且——姑且。

8 將——拿。

9 幹人——指府吏，即辦事人員。

10 見——這裏同“現”。

11 淨手——意思是上廁所。

12 樞密院——宋代掌握兵權的政府機構。

13 手本——官員見長官、上司時用的履歷本子。

14 圓社——球社。這裏指球社中專門陪客踢球的人。

15 將息——調養休息。

16 老种經略相公——指當時名將种諤。

第二回

鄭屠勢壓弱父女
魯達拳打鎮關西

王進母子因途中投宿史家村，結識了在肩膊胸膛刺了九條龍的“九紋龍”史進。史進佩服王進武藝，遂拜為師，並欲留其母子長住。但王進趕路心切，稍留幾日，便又向延安府進發。史進因和聚義少華山的朱武等交往，遭官府差人來捕。史進一把火燒了莊園，殺退官兵。稍事收拾，便投奔王進去了。

只說史進提了朴刀，離了少華山，取路投關西五路，望延安府路上來。

史進在路，免不得飢餐渴飲，夜住曉行。獨自一個，行了半月之上，來到渭州。“這裏也有經略府，莫非師父王教頭在這裏？”史進便入城來看時，依然有六街三市。只見一個小小茶坊，正在路口。史進便入茶坊裏來，揀一副座位坐了。茶博士問道：“客官吃甚茶？”史進道：“吃個泡茶。”茶博士點個泡茶，放在史進面前。史進問道：“這裏經略府在何處？”茶博士道：“只在前面便是。”史進道：“借問經略府內有個東京來的教頭王進麼？”茶博士道：“這府裏教頭極多，有三四個姓王的，不知哪個是王進。”道猶未了，只見一個大漢大踏步逕入來，走進茶坊裏。史進看他時，是個軍官模樣。

那人入到茶房裏面坐下。茶博士便道：“客官要尋王教頭，只問這個提轄便都認得。”史進忙起身施禮，便道：“客官請坐拜茶。”那人見史進長大魁偉，像條好漢，便來與他施禮。兩個坐下，史進道：“小人大膽，敢問官人高姓大名？”那人道：“洒家[1]是經略府提轄，姓魯，諱個達字。敢問阿哥，你姓甚麼？”史進道：“小人是華州華陰縣人氏，姓史名進。請問官人，小人有個師父，是東京八十萬禁軍教頭，姓王名進，不知在此經略府中有也無？”魯提轄道：“阿哥，你莫不是史家村甚麼九紋龍史大郎？”史進拜道：“小人便是。”魯提轄連忙還禮，說道：“聞名不如見面，見面勝似聞名。你要尋王教頭，莫不是在東京惡了高太尉的王進？”史進道：“正是那人。”魯達道：“俺也聞他名字，那個阿哥不在這裏。洒家聽得說，他在延安府老种經略相公處勾當[2]。俺這渭州，卻是小种經略相公鎮守。那人不在這裏。你既是史大郎時，多聽聞你的好名字，你且和我上街去吃杯酒。”魯提轄挽了史進的手，便出茶坊來。魯達回頭道：“茶錢洒家自還你。”茶博士應道：“提轄但吃不妨，只顧去。”

兩個挽了胳膊，出得茶坊來，上街行得三五十步，只見一簇眾人圍住白地[3]上。史進道：“兄長，我們看一看。”分開人眾看時，中間裏一個人，仗着十來條杆棒，地上攤着十數個膏藥，一盤子盛着，插把紙標兒在上面，卻原來是江湖上使槍棒賣藥的。史進看了，卻認得他，原來是教史進開手的師父，叫作打虎將李忠。史進就人叢中叫道：“師父，多時不見。”李忠道：“賢弟如何到這裏？”魯提轄道：“既是史大郎的師父，同和俺去吃三杯。”李忠道：“待小子賣了膏藥，討了回錢，一同和提轄去。”魯達道：“誰奈煩等你，去便同去。”李忠道：“小人的衣飯，無計奈何。提轄先行，小人便尋將來。賢弟，你和提轄先行一步。”魯達焦躁，把那看的人一推一跤，便罵道：“這廝們挾着屁眼撒開，不去的洒家便打。”眾人見是魯提轄，一哄都走了。李忠見魯達兇猛，敢怒而不敢言，只得陪笑道："好急性的人。"當下收拾了行頭藥囊，寄頓了槍棒。

三個人轉彎抹角，來到州橋之下一個潘家有名的酒店。門前挑出望竿，掛着酒旆[4]，漾在空中飄盪。三人上到潘家酒樓上，揀個濟楚閣兒裏坐下。魯提轄坐了主位，李忠對席，史進下首坐了。酒保唱了喏，認得是魯提轄便，便道："提轄官人，打多少酒？"魯達道："先打四角[5]酒來。"一面鋪下菜蔬果品案酒，又問道："官人，吃甚下飯？"魯達道："問甚麼！但有，只顧賣來，一發算錢還你。這廝只顧來聒噪[6]！"酒保下去，隨即燙酒上來，但是下口肉食，只顧將來，擺一桌子。

三個酒至數杯，正説些閒話，較量些槍法，説得入港[7]，只聽得隔壁閣子裏有人哽哽咽咽啼哭。魯達焦躁，便把碟兒盞兒都丢在樓板上。酒保聽得，慌忙上來看時，見魯提轄氣憤憤的。酒保抄手道："官人，要甚東西，吩咐賣來。"魯達道："酒家要甚麼！你也須認得酒家！卻恁地[8]教甚麼人在間壁吱吱地哭，攪俺弟兄們吃酒。酒家須不曾少了你酒錢。"酒保道："官人息怒，小人怎敢教人啼哭，打攪官人吃酒？這個哭的，是綽酒座兒唱的[9]父女兩人。"

魯提轄道：“可是作怪，你與我喚得他來。”酒保去叫，不多時，只見兩個到來。前面一個十八九歲的婦人，背後一個五六十歲的老兒，手裏拿串拍板，都來到面前。看那婦人，雖無十分的容貌，也有些動人的顏色。

那婦人拭着淚眼，向前來深深地道了三個萬福。那老兒也都相見了。魯達問道：“你兩個是哪裏人家？為甚啼哭？”那婦人便道：“官人不知，容奴告稟。奴家是東京人氏，因同父母來這渭州投奔親眷，不想搬移南京去了。母親在客店裏染病身故。子父二人流落在此生受[10]。此間有個財主，叫作‘鎮關西’鄭大官人，因見奴家，便使強媒硬保，要奴作妾。誰想寫了三千貫文書，虛錢實契，要了奴家身體。未及三個月，他家大娘子好生厲害，將奴趕打出來，不容完聚。着落店主人家，追要原典身錢三千貫。父親懦弱，和他爭執不得，他又有錢有勢。當初不曾得他一文，如今哪討錢來還他？沒計奈何，父親自小教得奴家些小曲兒，來這裏酒樓上趕座子，每日但得些錢來，將大半還他，留些少子父們盤纏。這兩日酒客稀少，違了他錢限，怕他來討時，受他羞恥。子父們想起這苦楚來，無處告訴，因此啼哭。不想誤觸犯了官人，望乞恕罪，高抬貴手。”魯提轄又問道：“你姓甚麼？在哪個客店裏歇？

那個鎮關西鄭大官人在哪裏住？”老兒答道：“老漢姓金，排行第二。孩兒小字翠蓮。鄭大官人便是此間狀元橋下賣肉的鄭屠，綽號鎮關西。老漢父子兩個，只在前面東門里魯家客店安下。”魯達聽了道：“呸！俺只道那個鄭大官人，卻原來是殺豬的鄭屠！這個腌臢潑才[11]，投託着俺小種經略相公門下，做個肉舖戶，卻原來這等欺負人！”回頭看史進、李忠，道：“你且在這裏，等洒家去打死了那廝便來！”史進、李忠抱住勸道：“哥哥息怒，明日卻理會。”兩個三回五次勸得他住。

魯達又道：“老兒，你來。洒家與你些盤纏，明日便回東京去如何？”父子兩個告道：“若是能勾得回鄉去時，便是重生父母，再長爺娘。只是店主人家如何肯放？鄭大官人須着落他要錢。”魯提轄道：“這個不妨事，俺自有道理。”便去身邊摸出五兩來銀子，放在桌上，看着史進道：“洒家今日不曾多帶得些出來，你有銀子借些與俺，洒家明日便送還你。”史進道：“直[12]甚麼，要哥哥還。”去包裹裏取出一錠十兩銀子，放在桌上。魯達看着李忠道：“你也借些出來與洒家。”李忠去身邊摸出二兩來銀子。魯提轄看了，見少，便道：“也是個不爽利的人。魯達只把這十五兩銀子與了金老，吩咐道：“你父子兩個將去做盤纏。一面收拾行李。俺明日清早來發付你兩個起身，看哪個店主人敢留你！”金老並女兒拜謝去了。

魯達把這二兩銀子丟還了李忠。三人再吃了兩角酒，下樓來叫道：“主人家，酒錢洒家明日送來還你。”主人家連聲應道：“提轄只顧自去，但吃不妨，只怕提轄不來賒。”三個人出了潘家酒肆，到街上分手。史進、李忠各自投客店去了。只說魯提轄回到經略府前下處，到房裏，晚飯也不吃，氣憤憤地睡了。主人家又不敢問他。

再說金老得了這一十五兩銀子，回到店中，安頓了女兒，先去城外遠處覓下一輛車兒；回來收拾了行李，還了房宿錢，算清了柴米錢，只等來日天明。當夜無事。次早五更起來，子父兩個先打火做飯，吃罷，收拾了。天色微明，只見魯提轄大踏步走入店裏來，高聲叫道：“店小二，哪裏是金老歇處？”小二哥道：“金公，提轄在此尋你。”金老開了房門，便道：“提轄官人裏面請坐。”魯達道：“坐甚麼！你去便去，等甚麼！”金老引了女兒，挑了擔兒，作謝提轄，便待出門。店小二攔住道：“金公，哪裏去？”魯達問道：“他少了你房錢？”小二道：“小人房錢，昨夜都算還了。須欠鄭大官人典身錢，着落在小人身上看管他哩。”魯提轄道：“鄭屠的錢，洒家自還他。你放這老兒還鄉去。"那店小二哪裏肯放。魯達大怒，叉開五指，去那小二臉上只一掌，打得那店小二口中吐血，再復一拳，打下當門兩個牙齒。小二扒將起來，一道煙走了。店主人哪裏敢出來攔他。金老父子兩個，忙忙離了店中，出城自去尋昨日覓下的車兒去了。

且說魯達尋思，恐怕店小二趕去攔截他，且向店裏掇[13]條凳子，坐了兩個時辰。約莫金公去得遠了，方才起身，逕到狀元橋來。

且說鄭屠開着間門面，兩副肉案，懸掛着三五片豬肉。鄭屠正在門前櫃身內坐定，看那十來個刀手賣肉。魯達走到門前，叫聲："鄭屠！"鄭屠看時，見是魯提轄，慌忙出櫃身來唱喏，道："提轄恕罪。"便叫副手掇條凳子來。"提轄請坐。"魯達坐下道："奉着經略相公鈞旨：要十斤精肉，切作臊子[14]，不要見半點肥的在上面。"鄭屠道："使頭，你們快選好的切十斤去。"魯提轄道："不要那等腌臢廝們動手，你自與我切。"鄭屠道："說得是，小人自切便了。"自去肉案上揀了十斤精肉，細細切作臊子。那店小二把手帕包了頭，正來鄭屠家報說金老之事，卻見魯提轄坐在肉案門邊，不敢攏來，只得遠遠地立在房簷下望。這鄭屠殺整整地自切了半個時辰，用荷葉包了。

道：“提轄，教人送去？”魯達道：“送甚麼！且住，再要十斤都是肥的，不要見些精的在上面，也要切作臊子。”鄭屠道：“卻才精的，怕府裏要裹餛飩，肥的臊子何用？”魯達睜着眼道：“相公鈞旨吩咐洒家，誰敢問他？”鄭屠道：“是。合用的東西，小人切便了。”又選了十斤實膘的肥肉，也細細地切作臊子，把荷葉包了。整弄了一早晨，卻得飯罷時候。那店小二哪裏敢過來，連那正要買肉的主顧也不敢攏來。

鄭屠道：“着人與提轄拿了，送將府裏去？”魯達道：“再要十斤寸金軟骨，也要細細地剁作臊子，不要見些肉在上面。”鄭屠笑道：“卻不是特地來消遣我！”魯達聽罷，跳起身來，拿着那兩包臊子在手裏，睜眼看着鄭屠說道：“洒家特地要消遣你！”把兩包臊子劈面打將去，卻似下了一陣的肉雨。鄭屠大怒，兩條忿氣從腳底下直衝到頂門，心頭那一把無明業火，焰騰騰的按捺不住，從肉案上搶了一把剔骨尖刀，托地跳將下來。魯提轄早拔步在當街上。眾鄰舍並十來個火家[15]，哪個敢向前來勸，兩邊過路的人都立住了腳，和那店小二也驚得呆了。

鄭屠右手拿刀，左手便來要揪魯達。被這魯提轄就勢按住左手，趕將入去，望小腹上只一腳，騰地踢倒在當街上。魯達再入一步，踏住胸脯，提起那醋缽兒大小拳頭，看着這鄭屠道："酒家始投老种經略相公，做到關西五路廉訪使，也不枉了叫作'鎮關西'！你是個賣肉的操刀屠戶，狗一般的人，也叫作'鎮關西'！你如何強騙了金翠蓮？"撲的只一拳，正打在鼻子上，打得鮮血迸流，鼻子歪在半邊，卻便似開了個油醬舖：鹹的、酸的、辣的，一發都滾出來。鄭屠掙不起來，那把尖刀也丟在一邊，口裏只叫："打得好！"魯達罵道："直娘賊！還敢應口。"提起拳頭來就眼眶際眉梢只一拳，打得眼稜縫裂，烏珠迸出，也似開了個彩帛舖的：紅的、黑的、絳的，都滾將出來。兩邊看的人懼怕魯提轄，誰敢向前來勸？鄭屠當不過討饒。魯達喝道："咄！你是個破落戶！若是和俺硬到底，酒家倒饒你了。你如今叫俺討饒，酒家卻不饒你！"又只一拳，太陽上正着，卻似做了一個全堂水陸的道場：磬兒、鈸兒、鐃兒一齊響。

魯達看時，只見鄭屠挺在地下，口裏只有出的氣，沒了入的氣，動彈不得。魯提轄假意道："你這廝詐死，酒家再打。"只見面皮漸漸地變了，魯達尋思道："俺只指望痛打這廝一頓，不想三拳真個打死了他。酒家須吃官司，又沒人送飯，不如及早撒開。"拔步便走，回頭指着鄭屠屍道：“你詐死，洒家和你慢慢理會！”一頭罵，一頭大踏步去了。街坊鄰舍並鄭屠的火家，誰敢向前來攔他。

魯提轄回到下處，急急捲了些衣服盤纏，細軟銀兩，但是舊衣粗重都棄了。提了一條齊眉短棒，奔出南門，一道煙走了。

注　釋

1　洒家 —— 宋代陝甘一帶人的自稱。
2　勾當 —— 辦事。
3　白地 —— 空地，空場。
4　酒旆 —— 懸掛在酒店用來作標記的長旗。
5　角 —— 盛酒的器具。
6　聒噪 —— 吵鬧、打攪。
7　入港 —— 投契。
8　恁地 —— 怎麼。
9　綽酒座兒唱的 —— 專在酒館巡迴賣唱的人。
10　生受 —— 受苦、受難。
11　腌臢潑才 —— 腌臢，骯髒。潑才，流氓、無賴。
12　直 —— 這裏同“值”。
13　掇 —— 雙手拿着。
14　臊子 —— 碎肉。
15　火家 —— 夥計。

第三回

林冲刺配滄州道
智深大鬧野豬林

為避官府緝拿，魯達只得入五台山文殊院為僧，取法名智深。因屢屢尋事犯戒，無法容身，被轉薦往東京大相國寺。到得東京大相國寺，便被智清長老收容，並派他去管菜園。

且說菜園左近有二三十個賭博不成才破落戶潑皮[1]，泛常在園內偷盜菜蔬，靠着養身。因來偷菜，看見廨宇門上新掛一道庫司榜文，上說："大相國寺仰委管菜園僧人魯智深前來住持[2]，自明日為始掌管，並不許閒雜人等入園攪擾。"那幾個潑皮看了，便去與眾破落戶商議道："大相國寺裏差一個和尚，甚麼魯智深，來管菜園。我們趁他新來，尋一場鬧，一頓打下頭來，教那廝服我們！”數中一個道：“我有一個道理。他又不曾認得我，我們如何便去尋得鬧？等他來時，誘他去糞窖邊，只做恭賀他，雙手搶住腳，翻筋斗攧[3]那廝下糞窖去，只是小耍他。”眾潑皮道：“好！好！”商量已定，且看他來。

卻說魯智深來到廨宇退居內房中，安頓了包裹、行李，倚了禪杖，掛了戒刀。那數個種地道人都來參拜了，但有一應鎖鑰，盡行交割。且說智深出到菜園地上，東觀西望，看那園圃。只見這二三十個潑皮，拿着些果盒酒禮，都嘻嘻地笑道：“聞知和尚新來住持，我們鄰舍街坊都來作慶。”智深不知是計，直走到糞窖邊來。

潑皮破落戶中間，有兩個為頭的，一個叫作過街老鼠張三，一個叫作青草蛇李四。這兩個為頭接將來，智深也卻好去糞窖邊，看見這夥人都不走動，只立在窖邊，齊道：“俺特來與和尚作慶。”智深道：“你們既是鄰舍街坊，都來廨宇裏坐地。”張三、李四便拜在地上，不肯起來。只指望和尚來扶他，便要動手。智深見了，心裏早疑忌道：“這夥人不三不四，又不肯近前來，莫不要攧洒家？那廝卻是倒來捋虎鬚[4]，俺且走向前去，教那廝看洒家手腳。”

智深大踏步近前，去眾人面前來。那張三、李四便道：“小人兄弟們特來參拜師父。”口裏說，便向前去，一個來搶左腳，一個來搶右腳。智深不等他上身，右腳早起，騰地把李四先踢下糞窖裏去。張三恰待走，智深左腳早起，兩個潑皮都踢在糞窖裏掙扎。後頭那二三十個破落戶，驚得目瞪癡呆，都待要走。智深喝道：“一個走的，一個下去！兩個走的，兩個下去！”眾潑皮都不敢動彈。只見那張三、李四在糞窖裏探起頭來。原來那座糞窖沒底似深，兩個一身臭屎，頭髮上蛆蟲盤滿，立在糞窖裏，叫道：“師父，饒恕我們！”智深喝道：“你那眾潑皮，快扶那鳥上來，我便饒你眾人。”眾人打一救，攙到葫蘆架邊，臭穢不可近前。

次日，眾潑皮商量，湊些錢物，買了十瓶酒，牽了一個豬，來請智深。都在廨宇安排了，請魯智深居中坐了，兩邊一帶坐定那二三十潑皮飲酒。吃到半酣裏，也有唱的，也有說的，也有拍手的，也有笑的。正在那裏喧哄，只聽得門外老鴉哇哇地叫。那種地道人笑道：“牆角邊綠楊樹上新添了一個老鴉巢，每日只聒到晚。”眾人道：“把梯子去上面拆了那巢便了。”有幾個道：“我們便去。”

智深也乘着酒興，都到外面看時，果然綠楊樹上一個老鴉巢。眾人道：“把梯子上去拆了，也得耳根清淨。”李四便道：“我與你盤上去，不要梯子。”智深相了一相，走到樹前，把直裰脱了，用右手向下，把身倒繳着，卻把左手拔住上截，把腰只一趁，將那株綠楊樹帶根拔起。眾潑皮見了，一齊拜倒在地，只叫：“師父非是凡人，正是真羅漢！身體無千萬斤氣力，如何拔得起！”智深道：“打甚鳥[5]緊！明日都看酒家演武使器械。”眾潑皮當晚各自散了。從明日為始，這二三十個破落戶見智深匾匾地伏，每日將酒肉來請智深，看他演武使拳。

過了數日，智深尋思道：“每日吃他們酒食多矣，洒家今日也安排些還席。”叫道人去城中買了幾般果子，沽了兩三擔酒，殺翻一口豬、一腔羊。那時正是三月盡，天氣正熱。智深道：“天色熱！”叫道人綠槐樹下鋪了蘆蓆，請那許多潑皮團團坐定。大碗斟酒，大塊切肉，叫眾人吃得飽了。再取果子吃酒，又吃得正濃，眾潑皮道：“這幾日見師父演力，不曾見師父家生器械，怎得師父教我們看一看也好。”智深道：“説得是。”自去房內取出渾鐵禪杖，頭尾長五尺，重六十二斤。眾人看了，盡皆吃驚，都道：“兩臂膊沒水牛大小氣力，怎使得動！”智深接過來，颼颼地使動，渾身上下，沒半點兒參差。眾人看了，一齊喝彩。

智深正使得活泛[6]，只見牆外一個官人看見，喝彩道：“端的使得好！”智深聽得，收住了手，看時，只見牆缺邊立着一個官人.

那官人生得豹頭環眼，燕頷虎鬚，八尺長短身材，三十四五年紀，口裏道：“這個師父端的非凡，使的好器械！”眾潑皮道：“這位教師喝彩，必然是好。”智深問道：“那軍官是誰？”眾人道：“這官人是八十萬禁軍槍棒教頭林武師，名喚林冲。”智深道：“何不就請來廝見？”那林教頭便跳入牆來。兩個就槐樹下相見了，一同坐地[7]。林教頭便問道：“師兄何處人氏？法諱喚作甚麼？”智深道：“洒家是關西魯達的便是。只為殺的人多，情願為僧。年幼時也曾到東京，認得令尊林提轄。”林冲大喜，就當結義智深為兄。智深道：“教頭今日緣何到此？”林冲答道：“恰才與拙荊[8]一同來間壁嶽廟裏還香願，林冲聽得使棒，看得入眼，着使女錦兒自和荊婦去廟裏燒香，林冲就只此間相等。不想得遇師兄。”智深道：“洒家初到這裏，正沒相識，得這幾個大哥每日相伴。如今又得教頭不棄，結為弟兄，十分好了。”便叫道人再添酒來相待。

恰才飲得三杯，只見使女錦兒，慌慌急急，紅了臉，在牆缺邊叫道："官人，休要坐地！娘子在廟中和人合口[9]！"林冲連忙問道："在哪裏？"錦兒道："正在五嶽樓下來，撞見個詐奸不級的，把娘子攔住了，不肯放！"林冲慌忙道："卻再來望師兄，休怪，休怪。"林冲別了智深，急跳過牆缺，和錦兒徑奔嶽廟裏來。搶到五嶽樓看時，見了數個人拿着彈弓、吹筒、黏竿。都立在欄杆邊。胡梯上一個年少的後生，獨自背立着，把林冲的娘子攔着道："你且上樓去，和你説話。"林冲娘子紅了臉道："清平世界，是何道理，把良人調戲！"林冲趕到跟前，把那後生肩胛只一扳過來，喝道："調戲良人妻子，當得何罪！"恰待下拳打時，認得是本管高太尉螟蛉之子高衙內。原來高俅新發跡，不曾有親兒，無人幫助，因此過房這高阿叔高三郎兒子，在房內為子。本是叔伯弟兄，卻與他做乾兒子，因此高太尉愛惜他。那廝在東京倚勢豪強，專一愛淫垢人家妻女。京師人懼怕他權勢，誰敢與他爭口，叫他作"花花太歲"。

當時林冲扳將過來，卻認得是本管高衙內，先自手軟了。高衙內説道："林冲，干你甚事，你來多管！"原來高衙內不認得她是林冲的娘子，若還認得時，也沒這場事。見林冲不動手，他發這話。眾多閒漢見鬧，一齊攏來勸道：“教頭休怪，衙內不認得，多有衝撞。”林冲怒氣未消，一雙眼睜着瞅那高衙內。眾閒漢勸了林冲，和哄高衙內出廟上馬去了。

林冲將引妻小並使女錦兒，也轉出廊下來。只見智深提着鐵禪杖，引着那二三十個破落戶，大踏步搶入廟來。林冲見了，叫道：“師兄，哪裏去？”智深道：“我來幫你廝打！”林冲道：“原來是本官高太尉的衙內，不認得荊婦，時間無禮。林冲本待要痛打那廝一頓，太尉面上須不好看。自古道：不怕官，只怕管。林冲不合吃着他的請受[10]，權且讓他這一次。”智深道：“你卻怕他本官太尉，洒家怕他甚鳥！俺若撞見那撮鳥時，且教他吃洒家三百禪杖了去。”林冲見智深醉了，便道：“師兄説得是。”林冲一時被眾人勸了，權且饒他。智深道：“但有事時，便來喚洒家與你去。”眾潑皮見智深醉了，扶着道：“師父，俺們且去，明日再得相會。”智深提着禪杖道：“阿嫂休怪，莫要笑話。阿哥，明日再得相會。”智深相別，自和潑皮去了。林冲領了娘子並錦兒取路回家，心中只是鬱鬱不樂。

且說這高衙內引了一班兒閒漢，自見了林冲娘子，又被他衝散了，心中好生着迷，怏怏不樂，回到府中納悶。過了兩三日，眾多閒漢都來伺候，見衙內心焦，沒撩沒亂，眾人散了。數內有一個幫閒的，喚作"乾鳥頭"富安，理會得高衙內意思，獨自一個在府中伺候。見衙內在書房中閒坐，那富安走近前去道："衙內近日面色清減，心中少樂，必然有件不悅之事。"高衙內道："你如何省得？"富安道："小子一猜便着。"衙內道："你猜我心中甚事不樂？"富安道："衙內是思想那'雙木'的。這猜如何？"衙內道："你猜得是。只沒個道理得她。"富安道："有何難哉！衙內怕林冲是個好漢，不敢欺他，這個無傷。懶得他見在帳下聽使喚，大請大受，怎敢惡了太尉？輕則便刺配了他，重則害了他性命。小閒尋思有一計，使衙內能勾得她。"高衙內聽的，便道："自見了多少好女娘，不知怎的只愛她，心中着迷，鬱鬱不樂。你有甚見識，能勾她時，我自重重地賞你。"富安道："門下知心腹的陸虞侯陸謙，他和林冲最好。明日衙內躲在陸虞侯樓上深閣，擺下些酒食，卻叫陸謙去請林冲出來吃酒。教他直去樊樓上深閣裏吃酒。小閒便去他家對林冲娘子說道：'你丈夫教頭和陸謙吃酒，一時重氣，悶倒在樓上，叫娘子快去看哩。' 賺得她來到樓上。婦人家水性，見衙內這般風流人物，再着些甜話兒調和她，不由她不肯。小閒這一計如何？"高衙內喝彩道："好條計！就今晚着人去喚陸虞侯來吩咐了。"原來陸虞侯家只在高太尉家隔壁巷內。次日，商量了計策，陸虞侯一時聽允，也沒奈何，只要衙內歡喜，卻顧不得朋友交情。

且說林冲連日悶悶不已，懶上街去，巳牌時，聽得門首有人道："教頭在家麼？"林冲出來看時，卻是陸虞侯，慌忙道："陸兄何來？"陸謙道："特來探望，兄何故連日街前不見？"林冲道："心裏悶，不曾出去。"陸謙道："我同兄長去吃三杯解悶。"林冲道："少坐拜茶。"兩個吃了茶起身。陸虞侯道："阿嫂。我同兄長到家去吃三杯。"林冲娘子趕到布簾下，叫道："大哥，少飲早歸。"

林冲與陸謙出得門來，街上閒走了一回。陸虞侯道："兄長，我們休家去，只就樊樓內吃兩杯。"當時兩個上到樊樓內，佔個閣兒，喚酒保吩咐，叫取兩瓶上色好酒，稀奇果子按酒，敍說閒話。林冲吃了八九杯酒，因要小遺，起身道："我去淨手了來。"林冲下得樓來，出酒店門，投東小巷內去淨了手。回身轉出巷口，只見女使錦兒叫道："官人，尋得我苦，卻在這裏！"林冲慌忙問道：

“做甚麼？”錦兒道：“官人和陸虞侯出來，沒半個時辰，只見一個漢子慌慌急急奔來家裏，對娘子說道：‘我是陸虞侯家鄰舍。你家教頭和陸謙吃酒，只見教頭一口氣不來，便撞倒了！叫娘子且快來看視。’娘子聽得，連忙央間壁王婆看了家，和我跟那漢子去。直到太府前小巷內一家人家，上至樓上，只見桌上擺着些酒食，不見官人。恰待下樓，只見前日在嶽廟裏囉唣[11]娘子的那後生出來道：‘娘子少坐，你丈夫來也。’錦兒慌慌下得樓時，只聽得娘子在樓上叫：‘殺人！’因此，我一地裏尋官人不見，正撞着賣藥的張先生道：‘我在樊樓前過，見教頭和一個人入去吃酒。’因此特奔到這裏。官人快去！”

林冲見說，吃了一驚，也不顧女使錦兒，三步作一步，跑到陸虞侯家。搶到胡梯上，卻關着樓門。只聽得娘子叫道：“清平世界，如何把我良人妻子關在這裏！”又聽得高衙內道：“娘子，可憐見救俺！便是鐵石人，也告得回轉！”林冲立在胡梯上，叫道：“大嫂開門！”那婦人聽得是丈夫聲音，只顧來開門。高衙內吃了一驚，斡開了樓窗，跳牆走了。林冲上得樓上，尋不見高衙內，問娘子道：“不曾被這廝點污了？”娘子道：“不曾。”林冲把陸虞侯家打得粉碎，將娘子下樓。出得門外看時，鄰舍兩邊都閉了門。女使錦兒接着，三個人一處歸家去了。

林冲拿了一把解腕尖刀，徑奔到樊樓前去尋陸虞侯，也不見了。卻回來他門前等了一晚，不見回家，林冲自歸。娘子勸道：“我又不曾被他騙了，你休得胡做。”林冲道：“叵耐這陸謙畜生，我和你如兄若弟，你也來騙我！只怕不撞見高衙內，也照管着他頭面。”娘子苦勸，哪裏肯放他出門。陸虞侯只躲在太尉府內，亦不敢回家。林冲一連等了三日，並不見面。府前人見林冲面色不好，誰敢問他。

第四日飯時候，魯智深徑尋到林冲家相探，問道：“教頭如何連日不見面？”林冲答道：“小弟少冗，不曾探得師兄。既蒙到我寒舍，本當草酌三杯，爭奈一時不能周備，且和師兄一同上街閒玩一遭，市沽兩盞，如何？”智深道：“最好。”兩個同上街來，吃了一日酒，又約明日相會。自此，每日與智深上街吃酒，把這件事都放慢了。

且說高衙內自從那日在陸虞侯家樓上吃了那驚，跳牆脫走，不敢對太尉說知，因此在府中臥病。陸虞侯和富安兩個來府裏望衙內，見他容顏不好，精神憔悴。陸謙道：“衙內何故如此精神少樂？”衙內道：“實不瞞你們說，我為林冲老婆，兩次不能勾得她，又吃他那一驚，這病越添得重了。眼見的半年三個月，性命難保。”二人道：“衙內且寬心，只在小人兩個身上，好歹要共那婦人完聚，只除她自縊死了便罷。”

正說間，高俅府裏老都管也來看衙內病症。那陸虞侯和富安等候老都管看病已了出來，兩個邀老都管僻靜處說道：“若要衙內病好，只除教太尉得知，害了林冲性命，方能勾得他老婆和衙內在一處，這病便得好。若不如此，已定送了衙內性命。”老都管道：“這個容易，老漢今晚便稟太尉得知。”兩個道：“我們已有了計，只等你回話。”

老都管至晚來見太尉，說道：“衙內不害別的症，卻害林冲的老婆。”高俅道：“幾時見了他的渾家？”都管稟道：“便是前月二十八日，在嶽廟裏見來，今經一月有餘。”又把陸虞侯設的計備細說了。高俅道：“如此，因為他渾家，怎地害他？我尋思起來，若為惜林冲一個人時，須送了我孩兒性命，卻怎生是好？”都管道：“陸虞侯和富安有計較[12]。”高俅道：“既是如此，教喚二人來商議。”老都管隨即喚陸謙、富安，入到堂裏，唱了喏。高俅問道：“我這小衙內的事，你兩個有甚計較？救得我孩兒好了時，我自抬舉你二人。”陸虞侯向前稟道：“恩相在上，只除如此如此使得。”高俅見說了，喝彩道：“好計！你兩個明日便與我行。”不在話下。

再說林冲每日和智深吃酒，把這件事不記心了。那一日，兩個同行到閱武坊巷口，見一條大漢，頭戴一頂抓角兒頭巾，穿一領舊戰袍，手裏拿着一口寶刀，插着個草標兒，立在街上，口裏自言自語說道：“不遇識者，屈沉了我這口寶刀！”林冲也不理會，只顧和智深說着話走。那漢又跟在背後道：“好口寶刀，可惜不遇識者！”林冲只顧和智深走着，說得入港。那漢又在背後說道：“偌大一個東京，沒一個識得軍器的！”林冲聽得說，回過頭來，那漢颼地把口刀掣將出來，明晃晃的奪人眼目。林冲合當有事，猛可地道：“將來看！”那漢遞將過來。

當時林冲看了，吃了一驚，失口道：“好刀！你要賣幾錢？”那漢道：“索價三千貫，實價二千貫。”林冲道：“值是值二千貫，只沒個識主。你若一千貫肯時，我買你的。”那漢道：“我急要些錢使，你若端的要時，饒你五百貫，實要一千五百貫。”林冲道：“只是一千貫，我便買了。”那漢歎口氣道：“金子作生鐵賣了。罷，罷！一文也不要少了我的。”林冲道：“跟我來家中取錢還你。”回身卻與智深道：“師兄且在茶房裏少待，小弟便來。”智深道：“洒家且回去，明日再相見。”林冲別了智深，自引了賣刀的那漢，去家去取錢與他。將銀子折算價貫，準還與他，就問那漢道："你這口刀哪裏得來？"那漢道："小人祖上留下。因為家道消乏[13]，沒奈何，將出來賣了。"林冲道："你祖上是誰？"那漢道："若說時，辱沒煞人！"林冲再也不問。那漢得了銀兩自去了。林冲把這口刀翻來覆去看了一回，喝彩道："端的好把刀！高太尉府中有一口寶刀，胡亂不肯教人看，我幾番借看，也不肯將出來。今日我也買了這口好刀，慢慢和他比試。"林冲當晚不落手看了一晚。夜間掛在壁上，未等天明，又去看那刀。

次日巳牌時分，只聽得門首有兩個承局[14]叫道："林教頭，太尉鈞旨，道你買一口好刀，就叫你將去比看。太尉在府裏專等。"林冲聽得，說道："又是甚麼多口的報知了。"兩個承局催得林冲穿了衣服，拿了那口刀，隨這兩個承局來。一路上，林冲道："我在府中不認得你。"兩個人說道："小人新近參隨。"卻早來到府前，進得到廳前，林冲立住了腳。兩個又道："太尉在裏面後堂內坐地。"轉入屏風，至後堂，又不見太尉。林冲又住了腳。兩個又道："太尉直在裏面等你，叫引教頭進來。"又過了兩三重門，到一個去處，一周遭都是綠欄杆。兩個又引林冲到堂前，說道：“教頭，你只在此少待，等我入去稟太尉。”

林冲拿着刀，立在簷前。兩個人自入去了。一盞茶時，不見出來。林冲心疑，探頭入簾看時，只見簷前額上有四個青字，寫道“白虎節堂”。林冲猛省道：“這節堂是商議軍機大事處，如何敢無故輒入，不是禮！”急待回身，只聽得靴履響、腳步鳴，一個人從外面入來。林冲看時，不是別人，卻是本管高太尉。林冲見了，執刀向前聲喏。太尉喝道：“林冲！你又無呼喚，安敢輒入白虎節堂！你知法度否？你手裏拿着刀，莫非來刺殺下官？有人對我說，你兩三日前拿刀在府前伺候，必有歹心！”林冲躬身稟道：“恩相，恰才蒙兩個承局呼喚林冲，將刀來比看。”太尉喝道：“承局在哪裏？”林冲道：“恩相，他兩個已投堂裏去了。”太尉道：“胡說！甚麼承局敢進我府堂裏去。左右，與我拿下這廝！”話猶未了，旁邊耳房裏走出二十餘人，把林冲橫推倒拽，恰似皂鵰追紫燕，渾如猛虎啖羊羔。高太尉大怒道：“你既是禁軍教頭，法度也還不知道！因何手執利刃，故入節堂，欲殺本官。”

太尉叫左右排列軍校，拿下林冲要斬。林冲大叫冤屈。太尉道：“你來節堂有何事務？見今手裏拿着利刃，如何不是來殺下官？”林冲告道：“太尉不喚，如何敢見？有兩個承局望堂裏去了，故賺[15]林冲到此。”太尉喝道：“胡説！我府中哪有承局？這廝不服斷遣！”喝叫左右：“解去開封府，吩咐滕府尹好生推問，勘理明白處決。就把寶刀封了去。”

左右領了鈞旨，監押林冲投開封府來。恰好府尹坐衙未退。高太尉幹人把林冲押到府前，跪在階下。府幹將太尉言語對滕府尹説了，將上太尉封的那把刀，放在林冲面前。府尹道：“林冲，你是個禁軍教頭，如何不知法度，手執利刃，故入節堂？這是該死的罪犯！”林冲把高衙內及買刀的事，前前後後説了。府尹聽了林冲口詞，且叫與了回文，一面取刑具枷杻[16]來枷了，推入牢裏監下。林冲家裏自來送飯，一面使錢。林冲的丈人張教頭亦來買上告下，使用財帛。

正值有個當案孔目，姓孫，名定，為人最耿直，十分好善，只要周全人，因此人都喚作“孫佛兒”。他明知道這件事，轉轉宛宛，在府上説知就裏，稟道：“此事果是屈了林冲，只可周全他。”府尹道：“他做下這般罪，高太尉批仰定罪，定要問他‘手執利刃，故入節堂，殺害本官’，怎周全得他？”孫定道：“這南衙開封府不是朝廷的，是高太尉家的？”府尹道：“胡說！”孫定道：“誰不知高太尉當權，倚勢豪強，更兼他府裏無般不做，但有人小小觸犯，便發來開封府，要殺便殺，要剮便剮，卻不是他家官府！”府尹道：“據你說時，林冲事怎的方便他，施行斷遣？”孫定道：“看林冲口詞，是個無罪的人，只是沒拿那兩個承局處。如今着他招認作‘不合腰懸利刃，誤入節堂’，脊杖二十，刺配遠惡軍州。”滕府尹也知這件事了，自去高太尉面前，再三稟說林冲口詞。高俅情知理短，又礙府尹，只得准了。

就此日，府尹回來升廳，叫林冲除了長枷，斷了二十脊杖，喚個文筆匠刺了面頰，量地方遠近，該配滄州牢城。當廳打一面七斤半團頭鐵葉護身枷釘了，貼上封皮，押了一道牒文，差兩個防送公人監押前去。兩個人是董超、薛霸。二人領了公文，押送林冲出開封府來。只見眾鄰舍並林冲的丈人張教頭，都在府前接着，同林冲兩個公人，到州橋下酒店裏坐定。林冲道：“多得孫孔目維持，這棒不毒，因此走得動彈。”張教頭叫酒保安排案酒果子，管待兩個公人。酒至數杯，只見張教頭將出銀兩，賫發他兩個防送公人已了。林冲執手對丈人說道：“泰山在上，年災月厄，撞了高衙內，吃了一場屈官司。今日有句話說，上稟泰山。自蒙泰山錯愛，將令愛嫁事小人，已經三載，不曾有半些兒差池。雖不曾生半個兒女，未曾面紅面赤，半點相爭。今小人遭這場橫事，配去滄州，生死存亡未保。娘子在家，小人心去不穩，誠恐高衙內威逼這頭親事。況兼青春年少，休為林冲誤了前程。卻是林冲自行主張，非他人逼迫，小人今日就高鄰在此，明白立紙休書，任從改嫁，並無爭執。如此，林冲去得心穩，免得高衙內陷害。”張教頭哪裏肯應承，眾鄰舍亦說行不得。林冲道：“若不依允小人之時，林冲便掙扎得回來，誓不與娘子相聚！”張教頭道：“既然如此行時，權且由你寫下，我只不把女兒嫁人便了。”林冲正在閣裏請人代寫了休書，欲付與泰山收時，只見林冲的娘子號天哭地叫將來。女使錦兒抱着一包衣服，一路尋到酒店裏。林冲見了，起身接着道：“娘子，小人有句話說，已稟過泰山了。為是林冲年災月厄，遭這場屈事。今去滄州，生死不保，誠恐誤了娘子青春，今已寫下幾字在此。萬望娘子休等小人，有好頭腦，自行招嫁，莫為林冲誤了賢妻。”那婦人聽得說，心中哽咽，又見了這封書，一時哭倒，聲絕在地。林冲與泰山張教頭救得起來，半晌方才甦醒，也自哭不住。林冲把休書與教頭收了。眾鄰舍亦有婦人來勸林冲娘子，攙扶回去。張教頭囑咐林冲道："你顧前程去，掙扎回來厮見。你的老小，我明日便取回去養在家裏，待你回來完聚。你但放心去，不要掛念。如有便人，千萬頻頻寄些書信來。"林冲起身謝了，拜辭泰山並眾鄰舍，背了包裹，隨着公人去了。張教頭同鄰舍取路回家，不在話下。

且說兩個防送公人把林冲帶來使臣房裏寄了監。董超、薛霸各自回家，收拾行李。只說董超正在家裏拴束包裹，只見巷口酒店裏酒保來說道："董端公，一位官人在小人店裏請說話。"董超道："是誰？"酒保道："小人不認得，只叫請端公便來。"原來宋時的公人都稱呼"端公"。當時董超便和酒保徑到店中閣兒內看時，見坐着一個人，頭戴頂萬字頭巾，身穿領皂紗背子，下面皂靴淨襪。見了董超，慌忙作揖道："端公請坐。"董超道："小人自來不曾拜識尊顏，不知呼喚有何使令？"那人道："請坐，少間便知。"董超坐在對席。酒保一面鋪下酒盞菜蔬果品案酒，都搬來擺了一桌。那人問道："薛端公在何處住？"董超道："只在前邊巷內。"那人喚酒保問了底腳[17]，"與我去請將來。"酒保去了一盞茶時，只見請得薛霸到閣兒裏。董超道："這位官人請俺說話。"薛霸道："不敢動問大人高姓？"那人又道："少刻便知，且請飲酒。”三人坐定，一面酒保篩酒。酒至數杯，那人去袖子裏取出十兩金子，放在桌上，説道：“二位端公各收五兩，有些小事煩及。”二人道：“小人素不認得尊官，何故與我金子？”那人道：“二位莫不投滄州去？”董超道：“小人兩個奉本府差遣，監押林冲直到那裏。”那人道：“既是如此，相煩二位。我是高太尉府心腹人陸虞侯便是。”董超、薛霸喏喏連聲，説道：“小人何等樣人，敢共對席。”陸謙道：“你二位也知林冲和太尉是對頭。今奉着太尉鈞旨，教將這十兩金子送與二位。望你兩個領諾。不必遠去，只就前面僻靜去處把林冲結果了，就彼處討紙回狀回來便了。若開封府但有話説，太尉自行吩咐，並不妨事。”董超道：“卻怕使不得。開封府公文只叫解活的去，卻不曾教結果了他。亦且本人年紀又不高大，如何作得這緣故？倘有些兜答[18]，恐不方便。”薛霸道：“董超，你聽我説。高太尉便叫你我死，也只得依他，莫説使這官人又送金子與俺。你不要多説，和你分了罷，落得做人情，日後也有照顧俺處。前頭有的是大松林猛惡去處，不揀怎的與他結果了罷。”當下薛霸收了金子，説道：“官人放心。多是五站路，少只兩程，便有分曉。”陸謙大喜道：“還是薛端公真是爽利，明日到地了時，是必揭取林冲臉上金印回來做表證。陸謙再包辦二位十兩金子相謝。專等好音，切不可相誤。”原來宋時，但是犯人徒流遷徙的，都臉上刺字，怕人恨怪，只喚作“打金印”。三個人又吃了一會酒，陸虞侯算了酒錢。三人出酒肆來，各自分手。

只説董超、薛霸將金子分受入己，送回家中，取了行李包裹，拿了水火棍[19]，便來使臣房裏取了林冲，監押上路。當日出得城來，離城三十里多路歇了。宋時途路上客店人家，但是公人監押囚人來歇，不要房錢。當下董、薛二人帶林冲到客店裏，歇了一夜。第二日天明起來，打火吃了飲食，投滄州路上來。時遇六月天氣，炎暑正熱。林冲初吃棒時，倒也無事，次後三兩日間，天道盛熱，棒瘡卻發。又新吃棒的人，路上一步挨一步，走不動。董超道：“你好不曉事！此去滄州二千里有餘的路，你這樣般走，幾時得到。”林冲道：“小人在太尉府裏折了些便宜[20]，前日方才吃棒，棒瘡舉發。這般炎熱，上下只得擔待一步。”薛霸道：“你自慢慢地走，休聽咭咶。”董超一路上喃喃呐呐的，口裏埋冤叫苦，説道：“卻是老爺們晦氣，撞着你這個魔頭。”

當晚三個人投村中客店裏來。到得房內，兩個公人放了棍棒，解下包裹。林冲也把包來解了，不等公人開口，去包裹取些碎銀兩，央店小二買些酒肉，糴些米來，安排盤饌，請兩個防送公人坐了吃。董超、薛霸又添酒來，把林冲灌得醉了，和枷倒在一邊。薛霸去燒一鍋百沸滾湯，提將來傾在腳盆內，叫道："林教頭，你也洗了腳好睡。"林冲掙地起來，被枷礙了，曲身不得。薛霸便道："我替你洗。"林冲忙道："使不得！"薛霸道："出路人哪裏計較得許多。"林冲不知是計，只顧伸下腳來，被薛霸只一按，按在滾湯裏。林冲叫一聲："哎也！"急縮得起時，泡得腳面紅腫了。林冲道："不消生受。"薛霸道："只見罪人伏侍公人，哪曾有公人伏侍罪人。好意叫他洗腳，顛倒嫌冷嫌熱，卻不是好心不得好報。"口裏喃喃地罵了半夜。林冲哪裏敢回話，自去倒在一邊。他兩個潑了這水，自換些水去外邊洗了腳。收拾睡到四更，同店人都未起，薛霸起來燒了麵湯，安排打火做飯吃。林冲起來，暈了，吃不得，又走不動。薛霸拿了水火棍，催促動身。董超去腰裏解下一雙新草鞋，耳朵並索兒卻是麻編的，叫林冲穿。林冲看時，腳上滿面都是潦漿泡，只得尋覓舊草鞋穿，哪裏去討，沒奈何，只得把新鞋穿上。叫店小二算過酒錢。兩個公人帶了林冲出哪店，卻是五更天氣。

林冲走不到三二里，腳上泡被新草鞋打破了，鮮血淋漓，正走不動，聲喚不止。薛霸罵道：“走便快走，不走便大棍搠將起來。”林冲道：“上下[21]方便，小人豈敢怠慢，俄延程途，其實是腳疼走不動。”董超道：“我扶着你走便了。”攙着林冲，又行不動，只得又捱了四五里路。看看正走動了，早望見前面烟籠霧鎖，一座猛惡林子。

這座猛惡林子，有名喚作“野豬林”，此是東京去滄州路上第一個險峻去處。宋時，這座林子內，但有些冤仇的，使用些錢與公人，帶到這裏，不知結果了多少好漢在此處。今日，這兩個公人帶林冲奔入這林子裏來。董超道：“走了一五更，走不得十里路程，似此滄州怎的得到。”薛霸道：“我也走不得了，且就林子裏歇一歇。”

三個人奔到裏面，解下行李包裹，都搬在樹根頭。林冲叫聲：“呵也！”靠着一株大樹便倒了。只見董超說道：“行一步，等一步，倒走得我睏倦起來。且睡一睡卻行。”放下水火棍，便倒在樹邊，略略閉得眼，從地下叫將起來。林冲道：“上下做甚麼？”董超、薛霸道：“俺兩個正要睡一睡，這裏又無關鎖，只怕你走了。我們放心不下，以此睡不穩。”林冲答道：“小人是個好漢，官司既已吃了，一世也不走。”董超道：“哪裏信得你說。要我們心穩，須得縛一縛。”林冲道：“上下要縛便縛，小人敢道怎地。”薛霸腰裏解下索子來，把林冲連手帶腳和枷緊緊地綁在樹上。兩個跳將起來，轉過身來，拿起水火棍，看着林冲，説道：“不是俺要結果你，自是前日來時，有那陸虞侯傳着高太尉鈞旨，教我兩個到這裏結果你，立等金印回去回話。便多走得幾日，也是死數。只今日就這裏，倒作成我兩個回去快些。休得要怨我弟兄兩個，只是上司差遣，不由自己。你須精細着，明年今日是你週年。我等已限定日期，亦要早回話。”林冲見説，淚如雨下，便道：“上下！我與你二位，往日無仇，近日無冤。你二位如何救得小人，生死不忘。”董超道：“説甚麼閒話！救你不得。”薛霸便提起水火棍來，望着林冲腦袋上劈將來。……説時遲，那時快，薛霸的棍恰舉起來，只見松樹背後雷鳴也似一聲，那條鐵禪杖飛將來，把這水火棍一隔，丢去九霄雲外。跳出一個胖大和尚來，喝道：“洒家在林子裏聽你多時！”

兩個公人看那和尚時，穿一領皂布直裰，跨一口戒刀，提起禪杖，掄起來打兩個公人。林冲方才閃開眼看時，認得是魯智深。林冲連忙叫道：“師兄，不可下手！我有話説。”智深聽得，收住禪杖。兩個公人呆了半晌，動彈不得。林冲道：“非干他兩個事，盡是高太尉使陸虞侯吩咐他兩個公人，要害我性命。他兩個怎不依他。你若打殺他兩個，也是冤屈。”

魯智深扯出戒刀，把索子都割斷了，便扶起林冲，叫：“兄弟，俺自從和你買刀那日相別之後，洒家憂得你苦。自從你受官司，俺又無處去救你。打聽得你斷配滄州，洒家在開封府前又尋不見，卻聽得人説監在使臣房內。又見酒保來請兩個公人，説道：‘店裏一位官人尋説話。’以此洒家疑心，放你不下，恐這廝們路上害你，俺特地跟將來。見這兩個撮鳥帶你入店裏去，洒家也在那店裏歇。夜間聽得那廝兩個做神做鬼，把滾湯賺了你腳。那時俺便要殺這兩個撮鳥，卻被客店裏人多，恐防救了。洒家見這廝們不懷好心，越放你不下。你五更裏出門時，洒家先投奔這林子裏來等殺這廝兩個撮鳥。他倒來這裏害你，正好殺這廝兩個。”林冲勸道：“既然師兄救了我，你休害他兩個性命。”魯智深喝道：“你這兩個撮鳥，洒家不看兄弟面時，把你這兩個都剁作肉醬！且看兄弟面皮，饒你兩個性命。”就那裏插了戒刀，喝道：“你這兩個撮鳥，快攙兄弟，都跟洒家來！”提了禪杖先走。兩個公人哪裏敢回話，只叫：“林教頭救俺兩個！”依前背上包裹，提了水火棍，扶着林冲，又替他拖了包裹，一同跟出林子來。行得三四里路程，見一座小小酒店在村口。四個人入來坐下喚酒保買五七斤肉，打兩角酒來吃，回些麵米打餅。

酒保一面整治，把酒來篩。兩個公人道：“不敢拜問師父，在哪個寺裏住持？”智深笑道：“你兩個撮鳥，問俺住處做甚麼？去教高俅做甚麼奈何洒家？別人怕他，俺不怕他。洒家若撞着那廝，教他吃三百禪杖。”兩個公人哪裏敢再開口，吃了些酒肉，收拾了行李，還了酒錢，出離了村店。林冲問道：“師兄，今投哪裏去？”魯智深道：“殺人須見血，救人須救徹。洒家放你不下，直送兄弟到滄州。”兩個公人聽了道：“苦也！卻是壞了我們的勾當，轉去時怎回話！”且只得隨順他一處行路。

正在途中，被魯智深要行便行，要歇更歇，哪裏敢扭他。好便罵，不好便打。兩個公人不敢高聲，更怕和尚發作。行了兩程，討了一輛車子，林冲上車將息，三個跟着車子行着。

行了十七八日，近滄州只七十來里路程，一路去都有人家，再無僻靜處了。魯智深打聽得實了，就在松林裏少歇。智深對林冲道：“兄弟，此去滄州不遠了，前路都有人家，別無僻靜去處。洒家已打聽實了。俺如今和你分手，異日再得相見。”林冲道：“師兄回去，泰山處可說知。防護之恩，不死當以厚報！”魯智深又取出一二十兩銀子與林冲，把三二兩與兩個公人，道：“你兩個撮鳥，本是路上砍了你兩個頭，兄弟面上饒你兩個鳥命。如今沒多路了，休生歹心！”兩個道：“再怎敢！皆是太尉差遣。”接了銀子，卻待分手。魯智深看着兩個公人道：“你兩個撮鳥的頭，硬似這松樹麼？”二人答道：“小人頭是父母皮肉包着些骨頭。”智深掄起禪杖，把松樹只一下，打得樹有二寸深痕，齊齊折了。喝一聲：“你兩個撮鳥，但有歹心，教你頭也似這樹一般！”擺着手，拖了禪杖，叫聲：“兄弟，保重！”自回去了。

董超、薛霸都吐出舌頭來，半晌縮不入去。

注　釋

1　潑皮 —— 流氓、無賴。
2　住持 —— 主持。
3　攧 —— 跌。
4　捋虎鬚 —— 觸犯有權勢的人。
5　鳥 —— 罵人的粗話。
6　活泛 —— 靈活熟練。
7　坐地 —— 坐着。
8　拙荊 —— 舊時對人謙稱自己的妻子。
9　合口 —— 鬥嘴、吵架。
10　請受 —— 糧餉、薪俸。
11　囉唣 —— 糾纏。
12　計較 —— 計議。
13　消乏 —— 貧窮。
14　承局 —— 當差的。
15　賺 —— 騙。
16　枷杻 —— 鎖在頸上和雙手上的刑具。
17　底腳 —— 住址。
18　兜答 —— 周折、麻煩的意思。
19　水火棍 —— 役吏所用一半紅色、一半黑色的硬木短棍。
20　折了些便宜 —— 意思是吃了些虧。
21　上下 —— 對“公人”的尊稱。

第四回

虞侯火燒草料場
英雄逼上梁山泊

林冲別過智深，繼續上路。途中結識了後周柴世宗的嫡派子孫、江湖上稱“小旋風”的柴進，相交甚契。由於柴進出力照應，林冲到了牢城營後，被安置去看守天王廟。

話不絮繁。時遇冬深將近，忽一日，林冲巳牌時分，偶出營前閒走。正行之間，只聽得背後有人叫道：“林教頭，如何卻在這裏？”林冲回頭過來看時，卻認得是酒生兒[1]李小二。當初在東京時，多得林冲看顧。這李小二先前在東京時，不合偷了店主人家財，被捉住了，要送官司問罪。卻得林冲主張陪話，救了他免送官司。又與他陪了些錢財，方得脫免。京中安不得身，又虧林冲賫發他盤纏，於路投奔人。不想今日卻在這裏撞見。林冲道："小二哥，你如何也在這裏？"李小二拜道："自從得恩人救濟，賫發小人，一地裏投奔人不着。迤邐不想來到滄州，投託一個酒店裏，姓王，留小人在店中做過賣[2]。因見小人勤謹，安排的好菜蔬，調和的好汁水，來吃的人都喝彩，以此買賣順當。主人家有個女兒，就招了小人做女婿。如今丈人丈母都死了，只剩得小人夫妻兩個，權在營前開了個茶酒店。因討錢過來，遇見恩人。恩人不知為何事在這裏？"林冲指着臉上道："我因惡了高太尉，生事陷害，受了一場官司，刺配到這裏。如今叫我管天王堂，未知久後如何。不想今日到此遇見。"李小二就請林冲到家裏面坐定，叫妻子出來拜了恩人。此後常常來往，不在話下。

光陰迅速，卻早冬來。林冲的綿衣裙襖，都是李小二渾家整治縫補。忽一日，李小二正在門前安排菜蔬下飯，只見一個人閃將進來，酒店裏坐下，隨後又一個人入來。看時，前面那個人是軍官打扮，後面這個走卒模樣，跟着也來坐下。李小二入來問道："要吃酒？"只見那個人將出一兩銀子與小二道："且收放櫃上，取三四瓶好酒來。客到時，果品酒饌只顧將來，不必要問。"李小二道："官人請甚客？”那人道：“煩你與我去營裏請管營、差撥兩個來說話。問時，你只說有個官人請說話，商議謝事務，專等，專等。”李小二應承了，來到牢城裏，先請了差撥，同到管營家裏，請了管營，都到酒店裏。只見那個官人和管營、差撥兩個講了禮。管營道：“素不相識，動問官人高姓大名？”那人道：“有書在此，少刻便知。且取酒來。”李小二連忙開了酒，一面鋪下菜蔬果品酒饌。那人叫討副勸盤[3]來，把了盞，相讓坐了。小二獨自一個，攛梭也似伏侍不暇。那跟來的人討了湯桶，自行燙酒。約計吃過十數杯，再討了按酒，鋪放桌上。只見那人說道：“我自有伴當[4]燙酒，不叫你休來。我等自要說話。”

李小二應了，自來門首叫老婆道：“大姐，這兩個人來得不尷尬[5]。”老婆道：“怎麼的不尷尬？”小二道：“這兩個人語言聲音，是東京人，初時又不認得管營，向後我將按酒入去，只聽得差撥口裏訥出一句‘高太尉’三個字來，這人莫不與林教頭身上有些干礙？我自在門前理會，你且去閣子背後，聽說甚麼。”老婆道：“你去營中尋林教頭來，認他一認。”李小二道：“你不省得，林教頭是個性急的人，摸不着便要殺人放火。倘或叫得他來看了，正是前日說的甚麼陸虞侯，他肯便罷？做出事來，須連累了我和你。你只去聽一聽，再理會。”老婆道：“說得是。”便入去聽了一個時辰，出來說道：“他那三四個交頭接耳說話，正不聽得說甚麼。只見那一個軍官模樣的人，去伴當懷裏取出一帕子物事，遞與管營和差撥。帕子裏面的莫不是金銀？只聽差撥口裏說道：‘都在我身上，好歹要結果了他性命。’”正說之間，閣子裏叫：“將湯來。”李小二急去裏面換湯時，看見管營手裏拿着一封書。小二換了湯，添些下飯。又吃了半個時辰，算還了酒錢，管營、差撥先去了。次後，那兩個低着頭也去了。轉背沒多時，只見林冲走將入店裏來，說道：“小二哥，連日好買賣。”李小二慌忙道：“恩人請坐，小人卻待正要尋恩人，有些要緊話說。”

當下林冲問道：“甚麼要緊的事？”小二哥請林冲到裏面坐下，說道：“卻才有個東京來的尷尬人，在我這裏請管營、差撥吃了半日酒。差撥口裏訥出高太尉三個字來。小人心下疑，又着渾家聽了一個時辰，他卻交頭接耳說話，都不聽得。臨了，只見差撥口裏應道：‘都在我兩個身上，好歹要結果了他。’那兩個把一包金銀遞與管營、差撥，又吃一回酒，各自散了。不知甚麼樣人。小人心下疑，只怕恩人身上有些妨礙。”林冲道：“那人生得甚麼模樣？”李小二道：“五短身材，白淨面皮，沒甚髭鬚，約有三十餘歲。那跟的也不長大，紫棠色面皮。”林冲聽了大驚道：“這三十歲的正是陸虞侯。那潑賤賊也敢來這裏害我！休要撞着我，只教他骨肉為泥！“李小二道：“只要提防他便了，豈不聞古人言：吃飯防噎，走路防跌。”林冲大怒，離了李小二家，先去街上買把解腕尖刀，帶在身上，前街後巷一地裏去尋。李小二夫妻兩個，捏着兩把汗。

當晚無事，次日天明起來，早洗漱罷，帶了刀又去滄州城裏城外，小街夾巷，團團尋了一日。牢城營裏都沒動靜。林冲又來對李小二道：“今日又無事。”小二道：“恩人，只願如此。只是自放仔細便了。”林冲自回天王堂，過了一夜。街上尋了三五日，不見消耗[6]，林冲也自心下慢了。到第六日，只見管營叫喚林冲到點視廳上，說道：“你來這裏許多時，柴大官人面皮，不曾抬舉的你。此間東門外十五里，有座大軍草場，每月但是納草納料的，有些常例錢取覓。原是一個老軍看管。我如今抬舉你去替那老軍來守天王堂，你在那裏尋幾貫盤纏。你可和差撥便去那裏交割。”林冲應道：“小人便去。”當時離了營中，徑到李小二家，對他夫妻兩個說道：“今日管營撥我去大軍草場管事，卻如何？”李小二道：“這個差使又好似天王堂。那裏收草料時，有些常例錢鈔。往常不使錢時，不能勾這差使。”林冲道：“卻不害我，倒與我好差使，正不知何意？”李小二道：“恩人休要疑心，只要沒事便好了。只是小人家離得遠了，過幾時那[7]工夫來望恩人。”就時家裏安排幾杯酒，請林冲吃了。

話不絮煩，兩個相別了。林冲自來天王堂，取了包裹，帶了尖刀，拿了條花槍，與差撥一同辭了管營，兩個取路投草料場來。正是嚴冬天氣，彤雲密佈，朔風漸起，卻早紛紛揚揚捲下一天大雪來。

大雪下得正緊，林冲和差撥兩個在路上又沒買酒吃處。早來到草料場外看時，一周遭有些黃土牆，兩扇大門。推開看裏面時，七八間草房作着倉廒，四下裏都是馬草堆，中間兩座草廳。到那廳裏，只見那老軍在裏面向火。差撥説道：“管營差這個林冲來替你回天王堂看守，你可即便交割。”老軍拿了鑰匙，引着林冲，吩咐道：“倉廒內自有官司封記，這幾堆草一堆堆都有數目。”老軍都點見了堆數，又引林冲到草廳上。老軍收拾行李，臨了説道：“火盆、鍋子、碗、碟，都借與你。”林冲道：“天王堂內我也有在那裏，你要便拿了去。”老軍指壁上掛一個大葫蘆，說道：“你若買酒吃時，只出草場，投東大路去三二里，便有市井。”老軍自和差撥回營裏來。

只說林冲就牀上放了包裹被臥，就坐下生些焰火起來。屋邊有一堆柴炭，拿幾塊來生在地爐裏。仰面看那草屋時，四下裏崩壞了，又被朔風吹撼，搖振得動。林冲道：“這屋如何過得一冬？待雪晴了，去城中喚個泥水匠來修理。”向了一回火，覺得身上寒冷，尋思：“卻才老軍所說二里路外有那市井，何不去沽些酒來吃？”便去包裹取些碎銀子，把花槍挑了酒葫蘆，將火炭蓋了，取氈笠子戴上，拿了鑰匙，出來把草廳門拽上。出到大門首，把兩扇草場門反拽上，鎖了。帶了鑰匙，信步投東。雪地裏踏着碎瓊亂玉，迤邐背着北風而行。那雪正下得緊。

行不上半里多路，看見一所古廟。林冲頂禮道：“神明庇佑，改日來燒錢紙。”又行了一回，望見一簇人家。林冲住腳看時，見籬笆中挑着一個草帚兒[8]在露天裏。林冲徑到店裏，主人道：“客人哪裏來？”林冲道：“你認得這個葫蘆麼？”主人看了道：“這葫蘆是草料場老軍的。”林冲道：“如何便認得？”店主道：“既是草料場看守大哥，且請少坐。天氣寒冷，且酌三杯權當接風。”店家切一盤熟牛肉，燙一壺熱酒，請林冲吃。又自買了些牛肉，又吃了數杯。就又買了一葫蘆酒，包了那兩塊牛肉，留下碎銀子，把花槍挑了酒葫蘆，懷內揣了牛肉，叫聲相擾，便出籬笆門，依舊迎着朔風回來。看那雪，到晚越下得緊了。……

林冲踏着那瑞雪，迎着北風，飛也似奔到草場門口，開了鎖，入內看時，只叫得苦。原來天理昭然，佑護善人義士，因這場大雪，救了林冲的性命。那兩間草廳已被雪壓倒了。林冲尋思："怎地好？"放下花槍、葫蘆在雪裏，恐怕火盆內有火炭延燒起來。搬開破壁子，探半身入去摸時，火盆內火種都被雪水浸滅了。林冲把手牀上摸時，只拽得一條絮被。林冲鑽將出來，見天色黑了，尋思："又沒打火處，怎生安排？"想起："離了這半里路上，有個古廟，可以安身。我且去那裏宿一夜，等到天明卻作理會。"把被捲了，花槍挑着酒葫蘆，依舊把門拽上，鎖了，望那廟裏來。入得廟門，再把門掩上，旁邊止有一塊大石頭，掇將過來，靠了門。入得裏面看時，殿上做着一尊金甲山神，兩邊一個判官，一個小鬼，側邊堆着一堆紙。團團看來，又沒鄰舍，又無廟主。林冲把槍和酒葫蘆放在紙堆上，將那條絮被放開，先取下氈笠子，把身上雪都抖了，把上蓋[9]白布衫脱將下來，早有五分濕了，和氈笠放在供桌上，把被扯來蓋了半截下身。卻把葫蘆冷酒提來便吃，就將懷中牛肉下酒。正吃時，只聽得外面必必剝剝地爆響。林冲跳起身來，就壁縫裏看時，只見草料場裏火起，颩颩雜雜燒着。

林冲便拿槍，卻待開門來救火，只聽得前面有人說將話來。林冲就伏在廟聽時，是三個人腳步聲，且奔廟裏來。用手推門，卻被林冲靠住了，推也推不開。三人在廟簷下立地看火，數內一個道："這條計好麼？"一個應道："端的虧管營、差撥兩位用心。回到京師，稟過太尉，都保你二位做大官。這番張教頭沒的推故。"那人道："林冲今番直吃我們對付了。高衙內這病必然好了。"又一個道："張教頭那廝，三回五次託人情去說：'你的女婿歿了。'張教頭越不肯應承。因此衙內病患看看重了，太尉特使俺兩個央浼二位幹這件事，不想而今完備了。"又一個道："小人直爬入牆裏去，四下草堆上點了十來個火把，待走哪裏去！"那一個道："這早晚燒個八分過了。"又聽一個道："便逃得性命時，燒了大軍草料場，也得個死罪。"又一個道："我們回城裏去罷。"一個道："再看一看，拾得他一兩塊骨頭回京，府裏見太尉和衙內時，也道我們也能會幹事。"

林冲聽那三個人時，一個是差撥，一個是陸虞侯，一個是富安。林冲道：“天可憐見林冲，若不是倒了草廳，我準定被這廝們燒死了。”輕輕把石頭掇開，挺着花槍，一手拽開廟門，大喝一聲：“潑賊哪裏去！”三個人急要走時，驚得呆了，正走不動。林冲舉手肐察的一槍，先戳倒差撥。陸虞侯叫聲：“饒命！”嚇得慌了手腳，走不動。那富安走不到十來步，被林冲趕上，後心只一槍，又戳倒了。翻身回來，陸虞侯卻才行得三四步。林冲喝聲道：“好賊！你待哪裏去？”批胸只一提，丟翻在雪地上。把槍搠在地裏，用腳踏住胸脯，身邊取出那口刀來，便去陸謙臉上擱着，喝道：“潑賊！我自來又和你無甚麼冤仇，你如何這等害我！正是殺人可恕，情理難容。”陸虞侯告道：“不干小人事，太尉差遣，不敢不來。”林冲罵道：“奸賊！我與你自幼相交，今日倒來害我，怎不干你事！且吃我一刀。”把陸謙上身衣服扯開，把尖刀向心窩裏只一剜，七竅迸出血來，……回頭看時，差撥正爬將起來要走。林冲按住喝道：“你這廝原來也恁的歹！且吃我一刀。”又早把頭割下來，挑在槍上。回來把富安、陸謙頭都割下來。把尖刀插了，將三個人頭髮結作一處，提入廟裏來，都擺在山神面前供桌上。再穿了白布衫，繫了搭膊，把氈笠子帶上，將葫蘆裏冷酒都吃盡了。被與葫蘆都丢了不要。提了槍，便出廟門投東去。

林冲踏着雪只顧走，看看天色冷得緊切，漸漸晚了。遠遠望見枕溪靠湖一個酒店，被雪漫漫地壓着。林冲看見，奔入那酒店裏來，揭起蘆簾，拂身入去。到側首看時，都是座頭，揀一處坐下。倚了衮刀，解放包裹，抬了氈笠，把腰刀也掛了。只見一個酒保來問道："客官打多少酒？"林冲道："先取兩角酒來。"酒保將個桶兒，打兩角酒，將來放在桌上。林冲又問道："有甚麼下酒？"酒保道："有生熟牛肉、肥鵝、嫩雞。"林冲道："先切二斤熟牛肉來。"酒保去不多時，將來鋪下一大盤牛肉，數般菜蔬，放個大碗，一個篩酒。林冲吃了三四碗酒，只見店裏一個人背叉着手，走出來門前看雪。那人問酒保道："甚麼人吃酒？"林冲看那人時，頭戴深簷暖帽，身穿貂鼠皮襖，腳着一雙獐皮窄靿靴，身材長大，貌相魁宏，雙拳骨臉，三丫黃髯，只把頭來仰着看雪。

林冲叫酒保只顧篩酒。林冲說道："酒保，你也來吃碗酒。"酒保吃了一碗。林冲問道："此間去梁山泊還有多少路？"酒保答道："此間要去梁山泊，雖只數里，卻是水路，全無旱路。若要去時，須用船去，方才渡得到那裏。”林冲道：“你可與我覓隻船兒。”酒保道：“這般大雪，天色又晚了，哪裏去尋船隻？”林冲道：“我與你些錢，央你覓隻船來，渡我過去。”酒保道：“卻是沒討處。”林冲尋思道：“這般怎的好？”又吃了幾碗酒，悶上心來，驀然間想起：“以先在京師做教頭，禁軍中每日六街三市遊玩吃酒，誰想今日被高俅這賊坑陷了我這一場，紋了面，直斷送到這裏。閃得我有家難奔，有國難投，受此寂寞。”因感傷懷抱，問酒保借筆硯來，乘着一時酒興，向那白粉壁上寫下八句五言詩。寫道：

仗義是林冲，為人最樸忠。
江湖馳聞望，慷慨聚英雄。
身世悲浮梗，功名類轉蓬。
他年若得志，威鎮泰山東！

林冲題罷詩，撇下筆，再取酒來，正飲之間，只見那漢子走向前來，把林冲劈腰揪住，說道：“你好大膽！你在滄州做下彌天大罪，卻在這裏。見今官司出三千貫信賞錢捉你，卻是要怎的？”林冲道：“你道我是誰？”那漢道：“你不是林冲？”林冲道：“我自姓張。”那漢笑道：

“你莫胡說。見今壁上寫下名字，你臉上紋着金印，如何要賴得過。”林冲道：“你真個要拿我？”那漢笑道：“我卻拿你做甚麼。你跟我進來，到裏面和你說話。”那漢放了手，林冲跟着，到後面一個水亭上，叫酒保點起燈來，和林冲施禮，對面坐下。那漢問道：“卻才見兄長只顧問梁山泊路頭，要尋船去。那裏是強人山寨，你待要去做甚麼？”林冲道：“實不相瞞，如今官司追捕小人緊急，無安身處，特投這山寨裏好漢入夥，因此要去。”那漢道：“雖然如此，必有個人薦兄長來入夥。”林冲道：“滄州橫海郡故友舉薦將來。”那漢道：“莫非柴進麼？”林冲道：“足下何以知之？”那漢道：“柴大官人與山寨中大王頭領交厚，常有書信往來。”原來這時的梁山泊首領是王倫，他當初不得地之時，與杜遷投奔柴進，多得柴進留在莊子上住了幾時；臨起身又賷發盤纏銀兩，因此有恩。林冲聽了便拜道：“有眼不識泰山。願求大名。”那漢慌忙答禮，說道：“小人是王頭領手下耳目。小人姓朱名貴，原是沂州沂水縣人氏。山寨裏教小弟在此間開酒店為名，專一探聽往來客商經過。但有財帛者，便去山寨裏報知。但是孤單客人到此，無財帛的放他過去；有財帛的來到這裏，輕則蒙汗藥麻翻，重則登時結果⋯⋯卻才見兄長只顧問梁山泊路頭，因此不敢下手。次後見寫出大名來，曾有東京來的人，傳説兄長的豪傑，不期今日得會。既有柴大官人書緘相薦，亦是兄長名震寰海，王頭領必當重用。”隨即叫酒保安排分例酒來相待。

當時兩個各自去歇息。睡到五更時分，朱貴自來叫林冲起來。洗漱罷，再取三五杯酒相待，吃了些肉食之類。此時天尚未明。朱貴把水亭上窗子開了，取出一張鵲畫弓，搭上那一枝響箭，覷着對港敗蘆折葦裏面射將去。林冲道：“此是何意？”朱貴道：“此是山寨裏的號箭。少刻便有船來。”沒多時，只見對過蘆葦泊裏，三五個小嘍囉[10]搖着一隻快船過來，徑到水亭下。朱貴當時引了林冲，取了刀仗、行李下船。小嘍囉把船搖開，望泊子裏去，奔金沙灘來。

船搖到金沙灘岸邊。朱貴同林冲上了岸，小嘍囉背了包裹，拿了刀仗，兩個好漢上山寨來。那幾個小嘍囉自把船搖去小港裏去了。林冲看岸上時，兩邊都是合抱的大樹，半山裏一座斷金亭子。再轉將上來，見座大關。關前擺着刀槍劍戟，弓弩戈矛，四邊都是擂木炮石。小嘍囉先去報知。二人進得關來，兩邊夾道遍擺着隊伍旗號。又過了兩座關隘，方才到寨門口。林冲看見四面高山，三關雄壯，團團圍定，中間裏鏡面也似一片平地，可方三五百丈；靠着山口才是正門，兩邊都是耳房。朱貴引着林冲來到聚義廳上，中間交椅上坐着王倫，左邊交椅上坐着杜遷，右邊交椅坐着宋萬。朱貴、林冲向前聲喏了。林冲立在朱貴側邊。朱貴便道："這位是東京八十萬禁軍教頭，姓林，名冲。因被高太尉陷害，刺配滄州。那裏又被火燒了大軍草料場。爭奈殺死三人，逃走在柴大官人家，好生相敬。因此特寫書來，舉薦入夥。"林冲懷中取書遞上。王倫接來拆開看了，便請林冲來坐第四位交椅，朱貴坐了第五位。一面叫小嘍囉取酒來，把了三巡。動問柴大官人近日無恙。林冲答道："每日只在郊外獵較樂情。"

王倫動問了一回，驀然尋思道："我卻是個不及第的秀才，因鳥氣合着杜遷來這裏落草，續後宋萬來，聚集這許多人馬伴當。我又沒十分本事，杜遷、宋萬武藝也只平常。如今不爭添了這個人，他是京師禁軍教頭，必然好武藝。倘若被他識破我們手段，他須佔強，我們如何迎敵。不若只是一怪，推卻事故，發付他下山去便了，免致後患；只是柴進面上卻不好看，忘了日前之恩，如今也顧他不得！"

當下叫小嘍囉一面安排酒，整理筵宴，請林冲赴席。

眾好漢一同吃酒。將次席終，王倫叫小嘍囉把一個盤子托出五十兩白銀，兩匹紵絲來。王倫起身説道："柴大官人舉薦將教頭來敝寨入夥，爭奈小寨糧食缺少，屋宇不整，人力寡薄，恐日後誤了足下，亦不好看。略有些薄禮，望乞笑留。尋個大寨安身歇馬，切勿見怪。"林冲道："三位頭領容覆：小人千里投名，萬里投主，憑託大官人面皮，徑投大寨入夥。林冲雖然不才，望賜收錄，當以一死向前，並無諂佞，實為平生之幸。不為銀兩齎發而來。乞頭領照察。"王倫道："我這裏是個小去處，如何安着得你？休怪，休怪！"朱貴見了，便諫道："哥哥在上，莫怪小弟多言。山寨中糧食雖少，近村遠鎮，可以去借；山場水泊，木植廣有，便要蓋千間房屋卻也無妨。這位是柴大官人力舉薦來的人，如何教他別處去。抑且柴大官人自來與山上有恩，日後得知不納此人，須不好看。這位又是有本事的人，他必然來出氣力。"杜遷道："山寨中哪爭他一個。哥哥若不收留，柴大官人知道時見怪，顯得我們忘恩背義。日前多曾虧了他，今日薦個人來，便恁推卻，發付他去。"宋萬也勸道："柴大官人面上，可容他在這裏做個頭領也好。不然，見得我們無義氣，使江湖上好漢見笑。"王倫道："兄弟們不知。他在滄州雖是犯了彌天大罪，今日上山，卻不知心腹。倘或來看虛實，如之奈何？”林冲道：“小人一身犯了死罪，因此來投入夥，何故相疑？”王倫道：“既然如此，你若真心入夥，把一個投名狀來。”林冲便道：“小人頗識幾字。乞紙筆來便寫。”朱貴笑道：“教頭，你錯了。但凡好漢們入夥，須要納投名狀。是教你下山去殺得一個人，將頭獻納，他便無疑心，這個便謂之‘投名狀’。”林冲道：“這事也不難。林冲便下山去等，只怕沒人過。”王倫道：“與你三日限。若三日內有投名狀來，便容你入夥；若三日內沒時，只得休怪。”林冲應承了，自回房中宿歇。悶悶不已。

當晚席散。朱貴相別下山，自去守店。林冲到晚，取了刀杖、行李，小嘍囉引去客房內歇了一夜。次日早起來，吃些茶飯，帶了腰刀，提了朴刀，叫一個小嘍囉領路下山，把船渡過去，僻靜小路上等候客人過往。從朝至暮，等了一日，並無一個孤單客人經過。林冲悶悶不已，和小嘍囉再過渡來，回到山寨中。

王倫問道：“投名狀何在？”林冲答道：“今日並無一個過往，以此不曾取得。”王倫道：“你明日若無投名狀時，也難在這裏了。”林冲再不敢答應，心內自己不樂。來到房中，討些飯吃了。又歇了一夜。

次日清早起來，和小嘍囉吃了早飯，拿了朴刀，又下山來。小嘍囉道：“俺們今日投南山路去等。”兩個來到林裏潛伏等候，並不見一個客人過往。伏到午時後，一夥客人約有三百餘人，結蹤而過。林冲又不敢動手，讓他過去。又等了一歇，看看天色晚來，又不見一個客人過。林冲對小嘍囉道：“我恁地晦氣，等了兩日，不見一個孤單客人過往，何以是好？”小嘍囉道：“哥哥且寬心。明日還有一日限，我和哥哥去東山路上等候。”當晚依舊上山。王倫説道：“今日投名狀如何？”林冲不敢答應，只歎了一口氣。王倫笑道：“想是今日又沒了。我説與你三日限，今已兩日了。若明日再無，不必相見了，便請那步下山，投別處去。”

當晚林冲仰天長歎道：“不想我今日被高俅那賊陷害，流落到此，直如此命蹇時乖！”過了一夜，次日天明起來，討些飯食吃了，打拴了那包裹，撇在房中，跨了腰刀，提了朴刀，又和小嘍囉下山過渡，投東山路上來。林冲道：“我今日若還取不得投名狀時，只得去別處安身立命。”兩個來到山下東路林子裏潛伏等候。看看日頭中了，又沒一個人來。時遇殘雪初晴，日色明朗。林冲提着朴刀，對小嘍囉道：“眼見得又不濟事了，不如趁早，天色未晚，取了行李，只得往別處去尋個所在。”小校用手指道：“好了，兀的不是一個人來！”林冲看時，叫聲：“慚愧！”只見那個人遠遠在山坡下，望見行來。

待他來得較近，林冲把朴刀杆剪了一下，驀地跳將出來。那漢子見了林冲，叫聲：“阿也！”撇了擔子，轉身便走。林冲趕將去，哪裏趕得上，那漢子閃過山坡去了。林冲道：“你看我命苦麼！等了三日，甫能等得一個人來，又吃他走了。”小校道：“雖然不殺得人，這一擔財帛可以抵當。”林冲道：“你先挑了上山去，我再等一等。”小嘍囉先把擔兒挑上山去。只見山坡下轉出一個大漢來……林冲打一看時，只見那漢子頭戴一頂范陽氈笠，上撒着一把紅纓，穿一領白緞子征衫，繫一條縱線絛，下面青白間道行纏，抓着褲子口，獐皮襪，帶毛牛膀靴，跨口腰刀，提條朴刀，生得七尺五六身材，面皮上老大一搭青記，腮邊微露些少赤鬚，把氈笠子掀在脊梁上，坦開胸脯，帶着抓角兒軟頭巾，挺手中朴刀，高聲喝道：“你那潑賊，將俺行李財帛哪裏去了。”林冲正沒好氣，哪裏答應，圓睜怪眼，倒豎虎鬚，挺着朴刀，搶將來鬥那個大漢。

林冲與那漢鬥到三十來合，不分勝敗。兩個又鬥了十數合，正鬥到分際，只見山高處叫道：“兩位好漢不要鬥了。"林冲聽得，驀地跳出圈子外來。兩個收住手中朴刀，看那山頂上時，卻是王倫和杜遷、宋萬，並許多小嘍囉走下山來，將船渡過了河，說道："兩位好漢，端的好兩口朴刀！神出鬼沒。這個是俺的兄弟林冲。青面漢，你卻是誰？願通姓名。"那漢道："洒家是三代將門之後，五侯楊令公之孫，姓楊名志。流落在此關西。年紀小時，曾應過武舉，做到殿司制使官。道君因蓋萬歲山，差一般十個制使，去太湖邊搬運花石綱[11]赴京交納。不想洒家時乖運蹇，押着那花石綱來到黃河裏，遭風打翻了船，失陷了花石綱，不能回京赴任，逃去他處避難。如今赦了俺們罪犯。洒家今來收的一擔兒錢物，待回東京，去樞密院使用，再理會本身的勾當。打從這裏經過，僱請莊家挑那擔兒，不想被你們奪了。可把來還洒家如何？"王倫道："你莫不是綽號喚'青面獸'的？"楊志道："洒家便是。"王倫道："既然是楊制使，就請到山寨吃三杯水酒，納還行李如何？"楊志道："好漢既然認得洒家，便還了俺行李，更強似請吃酒。"王倫道："制使，小可數年前到東京應舉時，便聞制使大名，今日幸得相見，如何教你空去。且請到山寨少敍片時，並無他意。"楊志聽說了，只得跟了王倫一行人等，過了河，上山寨來。就叫朱貴同上山寨相會。都來到寨中聚義廳上。左邊一帶四把交椅，卻是王倫、杜遷、宋萬、朱貴；右邊一帶兩把交椅，上首楊志，下首林冲。都坐定了。王倫叫殺羊置酒，安排筵宴管待楊志，不在話下。

話休絮繁。酒至數杯，王倫指着林冲對楊志道：“這個兄弟，他是東京八十萬禁軍教頭，喚作豹子頭林冲。因這高太尉那廝安不得好人，把他尋事刺配滄州。那裏又犯了事，如今也新到這裏。卻才制使要上東京幹勾當，不是王倫糾合制使，小可兀自棄文就武，來此落草，制使又是有罪的人，雖經赦宥，難復前職。亦且高俅那廝現掌軍權，他如何肯容你？不如只就小寨歇馬，大秤分金銀，大碗吃酒肉，同做好漢。不知制使心下主意若何？”楊志答道：“重蒙眾頭領如此帶攜，只是洒家有個親眷，現在東京居住。前者官事連累了，不曾酬謝得他，今日欲要投那裏走一遭。望眾頭領還了洒家行李，如不肯還，楊志空手也去了。”王倫笑道：“既是制使不肯在此，如何敢勒逼入夥。且請寬心住一宿，明日早行。”楊志大喜。當日飲酒到二更方散，各自去歇息了。次日早起來，又置酒與楊志送行。吃了早飯，眾頭領叫一個小嘍囉把昨夜擔兒挑了，一齊都送下山來，到路口與楊作別。教小嘍囉渡河，送出大路。眾人相別了，自回山寨。王倫自此方才肯教林冲坐第四位，朱貴坐第五位。從此，五個好漢在梁山泊打家劫舍，不在話下。

注　釋

1　酒生兒 —— 酒店裏的夥計。
2　過賣 —— 酒店裏的夥計。
3　勸盤 —— 放酒杯的盤子。
4　伴當 —— 隨從的僕人。
5　不尷尬 —— 這裏指不正派。
6　消耗 —— 消息。
7　那 —— 這裏同“挪”。抽，移。
8　草帚兒 —— 小酒店的標誌。
9　上蓋 —— 上身的外衣。
10　嘍囉 —— 盜賊的部下。
11　花石綱 —— 宋代官方差遣成幫結隊地運輸貨物叫“綱”。花石綱運送的是花木奇石。

第五回

楊志賣刀汴京城
中書得人大名府

只說楊志出了大路，尋個莊家挑了擔子，發付小嘍囉自回山寨。楊志取路投東京來，路上免不得飢餐渴飲，夜住曉行。不數日，來到東京。

那楊志入得城來，尋個客店安歇下。莊客交還擔兒，與了些銀兩，自回去了。楊志到店中放下行李，解了腰刀、朴刀，叫店小二將些碎銀子買些酒肉吃了。過數日，央人來樞密院打點理會本等[1]的勾當。將出那擔兒內金銀財物，買上告下，再要補殿司府制使職役。把許多東西都使盡了，方才得申文書，引去見殿帥高太尉，來到廳前，那高俅把從前歷事文書都看了，大怒道：“既是你等十個制使去運花石綱，九個回到京師交納了，偏你這廝把花石綱失陷了，又不來首告，倒又在逃，許多時捉拿不着。今日再要勾當，雖經赦宥，所犯罪名，難以委用。”把文書一筆都批倒了，將楊志趕出殿司府來。

楊志悶悶不已，回到客店中，思量：“王倫勸俺，也見得是。只為洒家清白姓字，不肯將父母遺體來點污了。指望把一身本事，邊庭上一槍一刀，博個封妻廕子，也與祖宗爭口氣。不想又吃這一閃！高太尉，你忒[2]毒害，恁地克剝！”心中煩惱了一回，在客店裏又住幾日，盤纏都使盡了。楊志尋思道：“卻是怎地好！只有祖上留下這口寶刀，從來跟着洒家，如今事急無措，只得拿去街上貨賣得千百貫錢鈔，好作盤纏，投往他處安身。”當日將了寶刀，插了草標兒，上市去賣。走到馬行街內，立了兩個時辰，並無一個人問。將立到晌午時分，轉來到天漢州橋熱鬧處去賣。楊志立未久，只見兩邊的人都跑入河下巷內去躲。楊志看時，只見都亂竄，口裏說道：“快躲了，大蟲來也。”楊志道：“好作怪，這等一片錦城池，卻哪得大蟲來？”當下立住腳看時，只見遠遠地黑凜凜一大漢，吃得半醉，一步一攧撞將來。

原來這人，是京師有名的破落戶潑皮，叫作沒毛大蟲牛二，專在街上撒潑行兇撞鬧。連為幾頭官司，開封府也治他不下，以此滿城人見那廝來都躲了。卻說牛二搶到楊志面前，就手裏把那口寶刀扯將出來，問道：“漢子，你這刀要賣幾錢？”楊志道：“祖上留下寶刀，要賣三千貫。”牛二喝道：“甚麼鳥刀，要賣許多錢！我三百文買一把，也切得肉，切得豆腐！你的鳥刀有甚好處，叫作寶刀？”楊志道：“洒家的須不是店上賣的白鐵刀，這是寶刀。”牛二道：“怎地喚作寶刀？”楊志道：“第一件砍銅剁鐵，刀口不捲。第二件吹毛得過。第三件殺人刀上沒血。”牛二道：“你敢剁銅錢麼？”楊志道：“你便將來，剁與你看。”

牛二便去州橋下香椒舖裏，討了二十文當三錢[3]，一垛兒將來，放在州橋欄杆上，叫楊志道：“漢子，你若剁得開時，我還你三千貫！”那時看的人雖然不敢近前，遠遠地圍住了望。楊志道：“這個直得甚麼！”把衣袖捲起，拿刀在手，看得較勝，只一刀，把銅錢剁作兩半。眾人都喝彩。牛二道：“喝甚麼鳥彩！你且說第二件是甚麼？”楊志道：“吹毛得過。就把幾根頭髮望刀口上只一吹，齊齊都斷。”牛二道：“我不信！”自把頭上拔下一把頭髮，遞與楊志，“你且吹我看。”楊志左手接過頭髮，照着刀口上盡氣力一吹，那頭髮都作兩段，紛紛飄下地來。眾人喝彩，看的人越多了。牛二又問；“第三件是甚麼？”楊志道：“殺人刀上沒血。”牛二道：“怎地殺人刀上沒血？”楊志道：“把人一刀砍了，並無血痕。只是個快。”牛二道：“我不信！你把刀來剁一個人我看。”楊志道：“禁城之中，如何敢殺人。你不信時，取一隻狗來，殺與你看。”牛二道：“你說殺人，不曾說殺狗！”楊志道：“你不買便罷，只管纏人做甚麼？”牛二道：“你將來我看！”楊志道：“你只顧沒了當[4]！洒家又不是你撩撥的。”牛二道：“你敢殺我！”楊志道：“和你往日無冤，昔日無仇，一物不成，兩物見在。沒來由殺你做甚麼。”牛二緊揪住楊志，說道：“我鱉鳥買你這口刀！”楊志道：“你要買，將錢來！”牛二道：“我沒錢。”楊志道：“你沒錢，揪住洒家怎地？”牛二道：“我要你這口刀！”楊志道：“俺不與你！”牛二道：“你好男子，剁我一刀！”楊志大怒，把牛二推了一跤。牛二爬將起來，鑽入楊志懷裏。楊志叫道：“街坊鄰舍都是證見！楊志無盤纏，自賣這口刀。這個潑皮強奪洒家的刀，又把俺打。”街坊人都怕這牛二，誰敢向前來勸。牛二喝道：“你說我打你，便打殺直甚麼！”口裏說，一面揮起右手，一拳打來。楊志霍地躲過，拿着刀搶入來，一時性起，望牛二顙根[5]上搠個着，撲地倒了。楊志趕入去，把牛二胸脯上又連搠了兩刀，血流滿地，死在地上。

楊志叫道："洒家殺死這個潑皮，怎肯連累你們！潑皮既已死了，你們都來同洒家去官府裏出首。"坊隅眾人慌忙攏來，隨同楊志，徑投開封府出首。正值府尹坐衙。楊志拿着刀，和地方鄰舍眾人，都上廳來，一齊跪下，把刀放在面前。楊志告道："小人原是殿司制使，為因失陷花石綱，削去本身職役，無有盤纏，將這口刀在街貨賣。不期被個潑皮破落戶牛二，強奪小人的刀，又用拳打小人，因此一時性起，將那人殺死。眾鄰舍都是證見。"眾人亦替楊志告說，分訴了一回。府尹道："既是自行前來出首，免了這廝入門的款打。"且叫取一面長枷枷了，差兩員相官，帶了仵作行人[6]，監押楊志並眾鄰舍一干人犯，都來天漢州橋邊，登場[7]檢驗了，疊成文案。眾鄰舍都出了供狀，保放隨衙聽候，當廳發落。將楊志於死囚牢裏監收。

且說楊志押到死囚牢裏，眾多押牢禁子、節級見說楊志殺死沒毛大蟲牛二，都可憐他是個好男子，不來問他要錢，又好生看覷他。天漢州橋下眾人，為是楊志除了街上害人之物，都斂些盤纏，湊些銀兩，來與他送飯，上下又替他使用。推司也覷他是個首身的好漢，又與東京街上除了一害，牛二家又沒苦主[8]，把款狀都改得輕了。三推六問，卻招作一時鬥毆殺傷，誤傷人命。待了六十日限滿，當廳推司稟過府尹，將楊志帶出廳前，除了長枷，斷了二十脊杖，喚個文墨匠人，刺了兩行金印，迭配北京大名府留守司充軍。那口寶刀，沒官入庫。當廳押了文牒，差兩個防送公人，免不得是張龍、趙虎，把七斤半鐵葉子盤頭護身枷釘了。吩咐兩個公人，便教監押上路。天漢州橋那幾個大戶，科斂[9]些銀兩錢物，等候楊志到來，請他兩個公人一同到酒店裏吃了些酒食，把出銀兩賫發兩位防送公人，説道："念楊志是個好漢，與民除害。今去北京路途中，望乞二位上下照覷，好生看他一看。"張龍、趙虎道："我兩個也知他是好漢，亦不必你眾位吩咐，但請放心。"楊志謝了眾人。其餘多的銀兩，盡送與楊志做盤纏。眾人各自散了。

話裏只説楊志同兩個公人來到原下的客店裏，算還了房錢飯錢，取了原寄的衣服行李，安排些酒食，請了兩個公人，尋醫士贖了幾個杖瘡的膏藥貼了棒瘡，便同兩個公人上路，三個望北京進發。五里單牌，十里雙牌，逢州過縣，買些酒肉，不時間請張龍、趙虎吃。三個在路，夜宿旅館，曉行驛道，不數日來到北京。入得城中，尋個客店安下。原來北京大名府留守司，上馬管軍，下馬管民，最有權勢。那留守喚作梁中書，諱世傑。他是東京當朝太師蔡京的女婿。當日是二月初九日，留守升廳。兩個公人解楊志到留守司廳前，呈上開封府公文。梁中書看了，原在東京時也曾認得楊志，當下一見了，備問情由。楊志便把高太尉不容復職，使盡錢財，將寶刀貨賣，因而殺死牛二的實情，通前一一告稟了。梁中書聽得，大喜，當廳就開了枷，留在廳前聽用。押了批回與兩個公人，自回東京，不在話下。

這楊志自在梁中書府中，早晚殷勤聽候使喚，漸漸地深得中書歡心。不久，便由一名軍健，升為管軍提轄使，成為府中心腹之人。

注　釋

1　本等——“本分、本身”的意思。
2　忒——“太、過於、很”的意思。
3　當三錢——宋時一種官方鑄錢，一個錢當作三個錢使用。
4　沒了當——沒完沒了。
5　顙根——額角。
6　仵作行人——專門檢驗死、傷的役吏。
7　登場——當場。
8　苦主——被害人的家屬。
9　科斂——攤派、徵湊的意思。

第六回

劉唐報信急奔走
晁蓋認親徐計議

梁中書為慶賀岳父蔡京壽辰，特地準備了價值十萬貫的壽禮生辰綱，欲差人送往東京。江湖好漢赤髮鬼劉唐獲此消息，急去投奔素為江湖英雄們所敬重的東溪村保正晁蓋，共謀奪取生辰綱。他趕到村外靈官殿，一時力乏睡熟，恰被外出巡捕盜賊的鄆城縣步兵都頭雷橫撞見。

話說當時雷橫來到靈官殿上，見了這條大漢睡在供桌上，眾土兵向前，把條索子綁了，捉離靈官殿來。天色卻早是五更時分。雷橫道："我們且押這廝去晁保正莊上，討些點心吃了，卻解去縣裏取問。"一行眾人卻都奔這保正莊上來。

原來那保正晁蓋，祖上是本縣本鄉富戶，平生仗義疏財，專愛結識天下好漢。但有人來投奔他的，不論好歹，便留在莊上住。若要去時，又將銀兩齎助他起身。最愛刺槍使棒，亦自身強力壯，不娶妻室，終日只是打熬筋骨。鄆城縣管下東門外有兩個村坊，一個東溪村，一個西溪村，只隔着一條大溪。當初這西溪村常常有鬼，白日迷人下水在溪裏，無可奈何。忽一日，有個僧人經過，村中人備細說知此事。僧人指個去處，教用青石鑿個寶塔，放於所在，鎮住溪邊。其時西溪村的鬼，都趕過東溪村來。那時晁蓋得知了大怒，從溪裏走將過去，把青石寶塔獨自奪了過來東溪邊放下。因此人皆稱他作托塔天王。晁蓋獨霸在那村坊，江湖上都聞他名字。

卻早雷橫並土兵押着那漢，來到莊前敲門。莊裏莊客聞知，報與保正。此時晁蓋未起，聽得報是雷都頭到來，慌忙叫開門。莊客開得莊門，眾土兵先把那漢子吊在門房裏。雷橫自引了十數個為頭的人，到草堂上坐下。晁蓋起來接待，動問道：“都頭有甚公幹到這裏？”雷橫答道：“奉知縣相公鈞旨，着我與朱仝兩個引了部下土兵，分投下鄉村各處巡捕賊盜。因走得力乏，欲得少歇，徑投貴莊暫息。有驚保正安寢。”晁蓋道：“這個何礙。”一面教莊客安排酒食管待，先把湯來吃。晁蓋動問道：“敝村曾拿得個把小小賊麼？”雷橫道：“卻才前面靈官殿上，有個大漢睡着在那裏。我看那廝不是良善君子，以定是醉了，就便睡着。我們把索子縛綁了。本待便解去縣裏見官，一者忒早些，二者也要教保正知道，恐日後父母官問時，保正也好答應。見今吊在貴莊門房裏。”晁蓋聽了，記在心，稱謝道：“多虧都頭見報。”少刻莊客捧出盤饌酒食，晁蓋喝道：“此間不好説話，不如去後廳軒下少坐。”便叫莊客裏面點起燈燭，請都頭到裏面酌杯。晁蓋坐了主位，雷橫坐了客席。兩個坐定，莊客鋪下果品案酒，菜蔬盤饌。莊客一面篩酒，晁蓋又叫置酒與土兵眾人吃。莊客請眾人，都引去廊下客位裏管待。大盤酒肉，只管教眾人吃。

晁蓋一頭相待雷橫吃酒，一面自肚裏尋思：“村中有甚小賊吃他拿了，我且自去看是誰？”相陪吃了五七杯酒，便叫家裏一個主管出來。“陪奉都頭坐一坐，我去淨了手便來。”那主管陪侍着雷橫吃酒。晁蓋卻去裏面拿了個燈籠，徑來門樓下看時，土兵都去吃酒，沒一個在外面。晁蓋便問看門的莊客：“都頭拿的賊吊在哪裏？”莊客道：“在門房裏關着。”晁蓋去推開門，打一看時，只見高高吊起那漢子在裏面，露出一身黑肉，下面抓紮起兩條黑魆魆毛腿，赤着一雙腳。晁蓋把燈照那人臉時，紫黑闊臉，鬢邊一搭朱砂記，上面生一片黑黃毛。晁蓋便問道："漢子，你是哪裏人？我村中不曾見有你。"那漢道："小人是遠鄉客人，來這裏投奔一個人，卻把我來拿作賊，我須有分辯處。"晁蓋道："你來我這村中投奔誰？"那漢道："我來這村裏投奔一個好漢。"晁蓋道："這好漢叫作甚麼？"那漢道："他喚作晁保正。"晁蓋道："你卻尋他有甚勾當？"那漢道："他是天下聞名的義士好漢，如今我有一套富貴來與他說知，因此而來。"晁蓋道："你且住，只我便是晁保正。卻要我救你，你只認我作娘舅之親。少刻我送雷都頭那人出來時，你便叫我作阿舅，我便認你作外甥。只說四五歲離了這裏，今番來尋阿舅，因此不認得。"那漢道："若得如此救護，深感厚恩。義士提攜則個！"

且說晁蓋提了燈籠，自出房來，仍舊把門拽上，急人後廳來見雷橫，說道："甚是慢客。"雷橫道："且是多多相擾，理甚不當。"兩個又吃了數杯酒，只見窗子外射入天光來。雷橫道："東方動了，小人告退，好去縣畫卯[1]。"晁蓋道："都頭官身，不敢久留。若再到敝村公幹，千萬來走一遭。"雷橫道："卻得再來拜望，不須保正吩咐。

請保正免送。”晁蓋道：“卻罷，也送到莊門口。”兩個同走出來，那夥土兵眾人，都得了酒食，吃得飽了，各自拿了槍棒，便去門房裏解了那漢，背剪縛着帶出門外。晁蓋見了，說道：“好條大漢！”雷橫道：“這廝便是靈官廟裏捉的賊。”說猶未了，只見那漢叫一聲：“阿舅，救我則個！”晁蓋假意看他一看，喝問道：“兀的這廝不是王小三麼？”那漢道：“我便是，阿舅救我。”眾人吃了一驚。雷橫便問晁蓋道：“這人是誰？如何卻認得保正？”晁蓋道：“原來是我外甥王小三。這廝如何卻在廟裏歇？乃是家姐的孩兒，從小在這裏過活，四五歲時隨家姐夫和家姐上南京去住，一去了十數年。這廝十四五歲又來走了一遭，跟個本京客人來這裏販棗子，向後再不曾見面。多聽得人說，這廝不成器。如何卻在這裏？小可本也認他不得，為他鬢邊有這一搭朱砂記，因此隱隱認得。”

晁蓋喝道：“小三！你如何不徑來見我，卻去村中做賊？”那漢叫道：“阿舅！我不曾做賊！”晁蓋喝道：“你既不做賊，如何拿你在這裏？”奪過土兵手裏棍棒，劈頭劈臉便打。雷橫並眾人勸道：“且不要打，聽他說。”那漢道：“阿舅息怒，且聽我說。自從十四五歲時來走了這遭，如今不是十年了？昨夜路上多吃了一杯酒，不敢來見阿舅。權去廟裏睡得醒了，卻來尋阿舅。不想被他們不問事由，將我拿了。卻不曾做賊。”晁蓋拿起棍來又要打，口裏罵道：“畜生！你卻不徑來見我，且在路上貪噇[2]這口黃湯。我家中沒得與你吃，辱沒煞人！”雷橫勸道：“保正息怒，你令甥本不曾做賊。我們見他偌大一條大漢，在廟裏睡得蹺蹊，亦且面生，又不認得，因此設疑，捉了他來這裏。若早知是保正的令甥，定不拿他。”喚土兵：“快解了綁縛的索子，放還保正。”眾土兵登時解了那漢。雷橫道：“保正休怪！早知是令甥，不致如此，甚是得罪！小人們回去。”晁蓋道：“都頭且住，請入小莊，再有話說。”

雷橫放了那漢，一齊再入草堂裏來。晁蓋取出十兩花銀，送與雷橫，又取些銀兩賞了眾土兵，再送出莊門外。雷橫相別了，引着土兵自去。

晁蓋卻同那漢到後軒下，取幾件衣裳與他換了，取頂頭巾與他戴了，便問那漢姓甚名誰，何處人氏。那漢道：“小人姓劉名唐，祖貫東潞州人氏。因這鬢邊有這搭朱砂記，人都喚小人作赤髮鬼。特地送一套富貴來與保正哥哥。昨夜晚了，因醉倒在廟裏，不想被這廝們捉住，綁縛了來。正是：有緣千里來相會，無緣對面不相逢。今日幸得到此，哥哥坐定，受劉唐四拜。”拜罷，晁蓋道：“你且說送一套富貴與我，現在何處？”劉唐道：“小人自幼飄盪江湖，多走途路，專好結識好漢。往往多聞哥哥大名。不期有緣得遇。曾見山東、河北做私商的，多曾來投奔哥哥，因此劉唐敢說這話。這裏別無外人，方可傾心吐膽對哥哥說。”晁蓋道：“這裏都是我心腹人，但說不妨。”劉唐道：“小弟打聽得北京大名府梁中書，收買十萬貫金珠寶貝玩器等物，送上東京與他丈人蔡太師慶生辰。去年也曾送十萬貫金珠寶貝，來到半路裏，不知被誰人打劫了，至今也無捉處。今年又收買十萬貫金珠寶貝，早晚安排起程，要趕這六月十五日生辰。小弟想此是一套不義之財，取而何礙。便可商議個道理，去半路上取了。天理知之，也不為罪。聞知哥哥大名，是個真男子，武藝過人。小弟不才，頗也學得本事。休道三五個漢子，便是一二千軍馬隊中，拿條槍也不懼他。倘蒙哥哥不棄時，獻此一套富貴。不知哥哥心內如何？”晁蓋道：“壯哉！且再計較。你既來這裏，想你吃了些艱辛，且去客房裏將息少歇。暫且待我從長商議。來日說話。”晁蓋叫莊客引劉唐廊下客房裏歇息。莊客引到房中，也自去幹事了。

且說劉唐在房裏尋思道：“我着甚來由苦惱這遭，多虧晁蓋完成，解脫了這件事。只叵奈雷橫那廝，平白騙了晁保正十兩銀子，又吊我一夜。想那廝去未遠，我不如拿了條棒趕上去，齊打翻了那廝們，卻奪回那銀子，送還晁蓋，他必然敬我。此計大妙。”劉唐便出房門，去槍架上拿了一條朴刀，便出莊門，大踏步投南趕來。此時天色已明。

這赤髮鬼劉唐挺着朴刀，趕了五六里路，卻早望見雷橫引着土兵，慢慢地行將去。劉唐趕上來，大喝一聲：“兀那都頭不要走！”雷橫見劉唐趕上來，呵呵大笑，挺手中朴刀來迎。兩個就大路上廝拼，鬥了五十餘合，不分勝敗。眾土兵見雷橫贏不得劉唐，卻待都要一齊上拼他，只見側首籬門開處，一個人掣兩條銅鏈，叫道：“你們兩個好漢且不要鬥！我看了多時，權且歇一歇，我有話說。”便把銅鏈就中一隔。兩個都收住了朴刀，跳出圈子外來，立住了腳。看那人時，似秀才打扮：戴一頂桶子樣抹眉梁頭巾，穿一領皂沿邊麻布寬衫，腰繫一條茶褐鑾帶，下面絲鞋淨襪；生得眉清目秀，面白鬚長。這秀才乃是智多星吳用，表字學究，道號加亮先生，祖貫本鄉人氏。

當時吳用手提銅鏈，指着劉唐叫道：“那漢且住！你因甚和都頭爭執？”劉唐光着眼看吳用道：“不干你秀才事。”雷橫便道：“教授不知，這廝夜來赤條條地睡在靈官殿裏，被我們拿了這廝帶到晁保正莊上，原來卻是保正的外甥。看他母舅面上，放了他。晁天王請我們吃酒了，送些禮物與我。這廝瞞了他阿舅，直趕到這裏問我取。你道這廝大膽麼？”

吳用尋思道：“晁蓋我都是自幼結交，但有些事，便和我相議計較。他的親眷相識，我都知道，不曾見有這個外甥。亦且年甲也不相登，必有些蹺蹊。我且勸開了這場鬧，卻再問他。”吳用便道：“大漢休執迷。你的母舅與我至交，又和這都頭亦過得好。他便送些人情與這都頭，你卻來討了，也須壞了你母舅面皮。且看小生面，我自與你母舅說。”劉唐道：“秀才，你不省得這個。不是我阿舅甘心與他，他詐取了我阿舅的銀兩。若是不還我，誓不回去。”雷橫道：“只除是保正自來取，便還他。卻不還你。”劉唐道：“你屈冤人做賊，詐了銀子，怎地不還？”雷橫道：“不是你的銀子，不還，不還！”劉唐道：“你不還，只除問得我手裏朴刀肯便罷。”吳用又勸：“你兩個鬥了半日，又沒輸贏，只管鬥到幾時是了。”劉唐道：“他不還我銀子，直和他拼個你死我活便罷。”雷橫大怒道：“我若怕你，添個土兵來拼你，也不算好漢。我自好歹捌翻你便罷。”劉唐大怒，拍着胸前叫道：“不怕，不怕！”便趕上來。這邊雷橫便指手劃腳，也趕攏來。兩個又要廝拼。這吳用橫身在裏面勸，哪裏勸得住。

劉唐捻着朴刀，只待鑽將過來。雷橫口裏千賊萬賊罵，挺起朴刀，正待要鬥。只見晁蓋趕來，賠些好話，打發了雷橫。吳用對晁蓋説道：“不是保正自來，幾乎做出一場大事。這個令甥端的非凡，是好武藝。小生在籬笆裏看了，這個有名慣使朴刀的雷都頭，也敵不過，只辦得架隔遮攔。若再鬥幾合，雷橫必然有失性命，因此小生慌忙出來間隔了。這個令甥從何而來？往常時，莊上不曾見有。”晁蓋道：“卻待正要來請先生到敝莊商議句話，正欲使人來，只見不見了他，槍架上朴刀又沒尋處。只見牧童報説：‘一個大漢，拿條朴刀，望南一直趕去’。我慌忙隨後追得來，早是得教授諫勸住了。請尊步同到敝莊，有句話計較計較。”

那吳用還至書齋，掛了銅鏈在書房裏，吩咐主人家道：“學生來時，説道先生今日有幹，權放一日假。”拽上書齋門，將鎖鎖了，一同晁蓋、劉唐，直到晁家莊上。晁蓋竟邀入後堂深處，分賓而坐。吳用問道：“保正，此人是誰？”晁蓋道：“江湖上好漢，此人姓劉名唐，是東潞州人氏。因有一套富貴，特來投奔我。他説有北京大名府梁中書，收買十萬貫金珠寶貝，送上東京與他丈人蔡太師慶生辰，早晚從這裏經過。此等不義之財，取之何礙！他來的意，正應我一夢。我昨夜夢見北斗七星，直墜在我屋脊上。斗柄上另有一顆小星，化道白光去了。我想星照本家，安得不利？今早正要求請教授商議，不想又是這一套。此一件事若何？”

吳用笑道：“小生見劉兄趕得來蹺蹊，也猜個七八分了。此一事卻好。只是一件，人多做不得，人少又做不得。宅上空有許多莊客，一個也用不得。如今只有保正、劉兄、小生三人，這件事如何團弄[3]？便是保正與兄十分了得，也擔負不下這段事。須得七八個好漢方可，多也無用。”晁蓋道：“莫非要應夢之星數？”吳用便道：“兄長這一夢不凡，也非同小可。莫非北地上再有扶助的人來？”吳用尋思了半晌，眉頭一縱，計上心來。説道：“有了，有了！”晁蓋道：“先生既有心腹好漢，可以便去請來，成就這件事。”

注　釋

1　畫卯 —— 上班簽到。

2　噇 —— 無節制地拚命吃喝。

3　團弄 —— 辦妥、辦成的意思。

第七回

三阮撞籌吳用謀
七星聚義公孫應

話説當時吳學究道：“我尋思起來，有三個人，義膽包身，武藝出眾，敢赴湯蹈火，同死同生，義氣最重。只除非得這三個人，方才完得這件事。”晁蓋道：“這三個卻是甚麼樣人？姓甚名誰？何處居住？”吳用道：“這三個人是弟兄三個，在濟州梁山泊邊石碣村住，日常只打魚為生，亦曾在泊子裏做私商勾當。本身姓阮，弟兄三人：一個喚作‘立地太歲’阮小二，一個喚作‘短命二郎’阮小五，一個喚作‘活閻羅’阮小七。這三個是親弟兄，最有義氣。小生舊日在那裏住了數年，與他相交時，他雖是個不通文墨的人，為見他與人結交，真有義氣，是個好男子，因此和他來往。今已二三年有餘，不曾相見。若得此三人，大事必成。”晁蓋道：“我也曾聞這阮家三弟兄的名字，只不曾相會。石碣村離這裏只有百十里以下路程，何不使人請他們來商議？”吳用道：“着人去請，他們如何肯來。小生必須自去那裏，憑三寸不爛之舌，說他們入夥。”晁蓋大喜道：“先生高見，幾時可行？”吳用答道：“事不宜遲，只今夜三更便去，明日晌午可到那裏。”晁蓋道：“最好。”當時叫莊客且安排酒食來吃。吳用道：“北京到東京也曾行到，只不知生辰綱從哪條路來？再煩劉兄休辭生受，連夜去北京路上探聽起程的日期，端的從那條路上來。”劉唐道：“小弟只今夜也便去。”吳用道：“且住。他生辰是六月十五日，如今卻是五用初頭，尚有四五十日。等小生先去說了三阮弟兄回來，那時卻叫劉兄去。”晁蓋道：“也是。劉兄弟只在我莊上等候。”

話休絮煩。當日吃了半晌酒食，至三更時分，吳用起來洗漱罷，吃了些早飯，討了些銀兩，藏在身邊，穿上草鞋。晁蓋、劉唐送出莊門。吳用連夜投石碣村來，行到晌午時分，早來到那村中徑投阮小二家來。到得門前看時，只見枯樁上纜着數隻小漁船，疏籬外曬着一張破魚網。倚山傍水，約有十數間草房。吳用叫一聲道：“二哥在家麼？”

那阮小二走將出來，頭戴一頂破頭巾，身穿一領舊衣服，赤着雙腳，出來見了是吳用，慌忙聲喏道："教授何來？甚風吹得到此？"吳用答道："有些小事，特來相浼二郎。"因假意説要買些金色大鯉魚。阮小二笑了一聲，説道："小人且和教授吃三杯卻説。隔湖有幾處酒店，我們就在船裏蕩將過去。"吳用道："最好。也要就與五郎説句話，不知在家也不在？"阮小二道："我們一同去尋他便了。"

兩個來到泊岸邊，枯樁上纜的小船解了一隻，便扶這吳用下船坐了。樹根頭拿了一把划楸[1]，只顧蕩，早蕩將開去，望湖泊裏來。正蕩之間，只見阮小二把手一招，叫道："七哥曾見五郎麼？"吳用看時，只見蘆葦叢中，搖出一隻船來。

這阮小七頭戴一頂遮日黑箬笠，身上穿個棋子布背心，腰繫着一條生布裙，把那船隻蕩着，問道："二哥，你尋五哥做甚麼？"吳用叫一聲："七郎，小生特來相央你們説話。"阮小七道："教授恕罪，好幾時不曾相見。"吳用道："一同和二哥去吃杯酒。"阮小七道："小人也欲和教授吃杯酒，只是一向不曾見面。"

兩隻船廝跟着在湖泊裏，不多時，划到一個去處，團團都是水，高埠上有七八間草房。阮小二叫道：“老娘，五哥在麼？”那婆婆道：“説不得。魚又不得打，連日去賭錢，輸得沒了分文，卻才討了我頭上釵兒，出鎮上賭去了。”阮小二笑了一聲，便把船划開。阮小七便在背後船上説道：“哥哥正不知怎地，賭錢只是輸，卻不晦氣。莫説哥哥不贏，我也輸得赤條條的。”吳用暗想道：“中了我的計。”

兩隻船廝並着，投石碣村鎮上來。划了半個時辰，只見獨木橋邊一個漢子，把着兩串銅錢，下來解船。阮小二道：“五郎來了。”

那阮小五斜戴着一頂破頭巾，鬢邊插朵石榴花，披着一領舊布衫，露出胸前刺着的青鬱鬱一個豹子來；裏面匾紮起褲子，上面圍着一條間道棋子布手巾。吳用叫一聲道：“五郎得彩麼？”阮小五道：“原來卻是教授，好兩年不曾見面。我在橋上望你們半日了。”阮小二道：“我和教授直到你家尋你，老娘説道：‘出鎮上賭錢去了。’因此同來這裏尋你。且來和教授去水閣上吃三杯。”阮小五慌忙去橋邊，解了小船，跳在艙裏，捉了划楫，只一划，三隻船廝並着。划了一歇，早到那個水閣酒店前。

當下三隻船撐到水亭下荷花蕩中，三隻船都纜了。扶吳學究上了岸，入酒店裏來，都到水閣內揀一副紅油桌凳。阮小二便道："先生，休怪我三個弟兄粗俗，請教授上坐。"吳用道："卻使不得。"阮小七道："哥哥只顧坐主位，請教授坐客席，我兄弟兩個便先坐了。"吳用道："七郎只是性快。"四個人坐定了，叫酒保打一桶酒來。店小二把四隻大盞子擺開，鋪下四雙箸，放下四般菜蔬，打一桶酒放在桌子上。阮小七道："有甚麼下口？"小二哥道："新宰得一頭黃牛，花糕也相似好肥肉。"阮小二道："大塊切十斤來。"阮小五道："教授休笑話，沒甚孝順。"吳用道："倒來相擾，多激惱[2]你們。"阮小二道："休恁地說。"催促小二哥只顧篩酒，早把牛肉切作兩盤，將來放在桌上。阮家三兄弟讓吳用吃了幾塊，便吃不得了。那三個狼餐虎食，吃了一回。

看看天色漸晚，吳用尋思道："這酒店裏須難說話。今夜必是他家權宿，到那裏卻又理會。"阮小二道："今夜天色晚了，請教授權在我家宿一宿，明日卻再計較。"吳用道："小生來這裏走一遭，千難萬難，幸得你們弟兄今日做一處，眼見得這席酒不肯要小生還錢。今晚借二郎家歇一夜，小生有些需銀子在此，相煩就此店中沽一甕酒，買些肉，村中尋一對雞，夜間同一醉如何？"阮小二道：“哪裏要教授壞錢，我們弟兄自去整理，不煩惱沒對付處。”吳用道：“徑來邀請你們三位。若還不依小生時，只此告退。”阮小七道：“既是教授這般說時，且順情吃了，卻再理會。”吳用道：“還是七郎性直爽快。”吳用取出一兩銀子，付與阮小七，就問主人家沽了一甕酒，借個大甕盛了，買了二十斤生熟牛肉，一對大雞。阮小二道：“我的酒錢一發還你。”店主人道：“最好，最好。”

四人離了酒店，再下了船，把酒肉都放在船艙裏，解了纜索，徑划將開去，一直投阮小二家來。到得門前，上了岸，把船仍舊纜在樁上。取了酒肉，四人一齊都到後面坐地。便叫點起燈燭。原來阮家弟兄三個，只有阮小二有老小，阮小五、阮小七都不曾婚娶。四個人都在阮小二家後面水亭上坐定。阮小七宰了雞，叫阿嫂同討的小猴子[3]在廚下安排。約有一更相次，酒肉都搬來擺在桌上。

吳用勸他弟兄們吃了幾杯，又提起買魚事來，三人都說沒辦法。吳用說道：“你這裏偌大一個去處，卻怎地沒了這等大魚？”阮小二道：“實不瞞教授說，這般大魚只除梁山泊裏便有。我這石碣湖中狹小，存不了這等大魚。”吳用道：“這裏和梁山泊一望不遠，相通一脈之水，如何不去打些？”阮小二歎了一口氣，道：“休說。”吳用又問道：“二哥如何歎氣？”阮小五接了說道：“教授不知，在先這梁山泊是我弟兄們的衣飯碗，如今絕不敢去！”吳用道：“偌大去處，終不成官司禁打魚鮮？”阮小五道：“甚麼官司敢來禁打魚鮮，便是活閻王也禁治不得！”吳用道：“既沒官司禁治，如何絕不敢去？”阮小五道：“原來教授不知來歷，且和教授說知。”阮小七接着便道：“這個梁山泊去處，難說難言！如今泊子裏新有一夥強人佔了，不容打魚。”吳用道：“小生卻不知，原來如今有強人，我那裏並不曾聞得說。”阮小二道：“那夥強人，為頭的是個秀才，落科舉子，喚作白衣秀士王倫；第二個叫作摸着天杜遷；第三個叫作雲裏金剛宋萬；以下有個旱地忽律朱貴，現在李家道口開酒店，專一探聽事情，也不打緊。如今新來一個好漢，是東京禁軍教頭，甚麼豹子頭林冲，十分好武藝。這夥人好生了得，都是有本事的。這幾個賊男女聚集了五七百人，打家劫舍，搶擄來往客人。我們有一年多不去那裏打魚。如今泊子裏把住了，絕了我們的衣飯，因此一言難盡！”吳用道：“小生實是不知有這段事。如何官司不來捉他們？”阮小五道：“如今那官司，一處處動彈便害百姓。但一聲下鄉村來，倒先把好百姓家養的豬羊雞鵝，盡都吃了，又要盤纏打發他。如今也好，教這夥人奈何。那捕盜官司的人，哪裏敢下鄉村來。若是那上司官員差他們緝捕人來，都嚇得尿屎齊流，怎敢正眼兒看他。”阮小二道：“我雖然不打得大魚，也省了若干科差。”吳用道：“恁地時，那廝們倒快活。”阮小五道：“他們不怕天，不怕地，不怕官司，論秤分金銀，異樣穿綢錦，成甕吃酒，大塊吃肉，如何不快活！我們弟兄三個空有一身本身，怎地學得他們。”吳用聽了，暗暗地歡喜道：“正好用計了。”

阮小七又道：“人生一世，草生一秋。我們只管打魚營生，學得他們過一日也好。”吳用道：“這等人學他做甚麼！他做的勾當，不是笞杖五七十的罪犯，空自把一身虎威都撇下。倘或被官司拿住了，也是自做的罪。”阮小二道：“如今該管官司沒甚分曉，一片糊突，千萬犯了彌天大罪的倒都沒事。我弟兄們不能快活，若是但有肯帶挈我們的，也去了罷！”阮小五道：“我也常常這般思量：我弟兄三個的本事，又不是不如別人，誰是識我們的。”吳用道：“假如便有識你們的，你們便如何肯去？”阮小七道：“若是有識我們的，水裏水裏去，火裏火裏去。若能夠受用得一日，便死了開眉展眼。”吳用暗地想道：“這三個都有意了。我且慢慢地誘他。”

吳用又勸他三個吃了兩巡酒，又説道："你們三個敢上梁山泊捉這夥賊麼？"阮小七道："便捉得他們，哪裏去請賞，也吃江湖上好漢們笑話。"吳用道："小生短見，假如你們怨恨打魚不得，也去那裏撞籌[4]卻不是好。"阮小二道："先生你不知，我弟兄們幾遍商量，要去入夥。聽得那白衣秀士王倫的手下人，都説道他心地窄狹，安不得人。前番那個東京林冲上山，嘔盡他的氣。王倫那廝不肯胡亂着人。因此我弟兄們看了這般樣，一齊都心懶了。"阮小七道："他們若似老兄這等慷慨，愛我弟兄們便好。"阮小五道："那王倫若得似教授這般情分時，我們也去了多時，不到今日。我弟兄三個便替他死也甘心！"吳用道："量小生何足道哉！如今山東、河北多少英雄豪傑好漢。"阮小二道："好漢們盡有，我弟兄自不曾遇着！"吳用道："只此聞鄆城縣東溪村晁保正，你們曾認得他麼？"阮小五道："莫不是叫作托塔天王的晁蓋麼？"吳用道："正是此人。"阮小七道："雖然與我們只隔得百十里路程，緣分淺薄，聞名不曾相會。"吳用道："這等一個仗義疏財的好男子，如何不與他相見？"阮小二道："我弟兄們無事，也不曾到那裏，因此不能夠與他相見。"吳用道："小生這幾年也只在晁保正莊上左近教些村學。如今打聽得他有一套富貴待取，特地來和你們商議，我等就那半路裏攔住取了，如何？”阮小五道：“這個卻使不得。他既是仗義疏財的好男子，我們卻去壞他的道路[5]，須吃江湖上好漢們知時笑話。”吳用道：“我只道你們弟兄心志不堅，原來真個惜客好義。我對你們實說，果有協助之心，我教你們知此一事。我如今現在晁保正莊上住，保正聞知你三個大名，特地教我來請你們說話。”阮小二道：“我弟兄三個，真真實實地並沒半點兒假。晁保正敢[6]有件奢遮[7]的私商買賣，有心要帶挈我們，以定是煩老兄來。若還端的有這事，我三個若捨不得性命相幫他時，殘酒為誓，教我們都遭橫事，惡病臨身，死於非命。”阮小五和阮小七把手拍着脖項道：“這腔熱血，只要賣與識貨的！”吳用道：“你們三位弟兄在這裏，不是我壞心術來誘你們。這件事，非同小可的勾當。目今朝內蔡太師是六月十五日生辰，他的女婿是北京大名府梁中書，即目[8]起解十萬貫金珠寶貝與他丈人慶生辰。今有一個好漢姓劉名唐，特來報知。如今欲要請你去商議，聚幾個好漢，向山凹僻靜去處，取此一套富貴不義之財，大家圖個一世快活。因此特教小生只作買魚，來請你們三個計較，成此一事。不知你們心意如何？”阮小五聽了道：“罷，罷！”叫道：“七哥，我和你説甚麼來？”阮小七跳起來道：“一世的指望，今日還了願心，正是搔着我癢處。我們幾時去？”吳用道：“請三位即便去來。明日起個五更，一齊都去晁天王莊上去。”阮家三弟兄大喜。

當夜過了一宿。次早起來，吃了早飯，阮家三弟兄吩咐了家中，跟着吳學究，四個人離了石碣村，拽開腳步，取路投東溪村來。行了一日，早望見晁家莊，只見遠遠地綠槐樹下晁蓋和劉唐在那裏等。望見吳用引着阮家三兄弟，直到槐樹前，兩下都廝見了。晁蓋大喜道：“阮氏三雄，名不虛傳。且請到莊裏説話。”六人卻從莊外入來，到得後堂，分賓主坐定。吳用把前話説了。晁蓋大喜，便叫莊客宰殺豬羊，安排燒紙。阮家三弟兄見晁蓋人物軒昂，語言灑落，三個説道：“我們最愛結識好漢，原來只在此間。今日不得吳教授相引，如何得會！”三個弟兄好生歡喜。當晚且吃了些飯，説了半夜話。次日天曉，去後堂前面，列了金錢紙馬，擺了夜來煮的豬羊、燒紙。三阮見晁蓋如此志誠，排列香花燈燭面前，個個説誓道：“梁中書在北京害民，詐得錢物，卻把去東京與蔡太師慶生辰，此一等正是不義之財。我等六人中，但有私意者，天地誅滅，神明鑒察。”六人都説誓了，燒化錢紙。

六籌好漢正在後堂散福[9]飲酒，只見一個莊客報說：“門前有個先生要見保正化齋糧。”晁蓋道：“你好不曉事！見我管待客人在此吃酒，你便與他三五升米便了，何須直來問我。”莊客道：“小人把米與他，他又不要，只要面見保正。”晁蓋道：“以定是嫌少，你便再與他三二斗米去。你說與他，保正今日在莊上請人吃酒，沒工夫相見。”莊客去了多時，只見又來說道：“那先生與了他三斗米，又不肯去。自稱是一清道人，不為錢米而來，只要求見保正一面。”晁蓋道：“你這廝不會答應。便說今日委實沒工夫，教他改日卻來相見拜茶。”莊客道：“小人也是這般說。那個先生說道：‘我不為錢米齋糧，聞知保正是個義士，特求一見。’”晁蓋道：“你也這般纏，全不替我分憂。他若再嫌少時，可與他三四斗米去，何必又來說。我若不和客人們飲時，便去廝見一面，打甚麼緊。你去發付他罷，再休要來說。”莊客去了沒半個時，只聽得莊門外熱鬧。又見一個莊客飛也似來報道：“那先生發怒，把十來個莊客都打倒了。”晁蓋聽得，吃了一驚，慌忙起身道：“眾位弟兄少坐，晁蓋自去看一看。”便從後堂出來，到莊門前看時，只見那個先生，身長八尺，道貌堂堂，威風凜凜，生得古怪。正在莊門外綠槐樹下，打那眾莊客。

那先生一頭打莊客，一頭口裏說道："不識好人！"晁蓋見了叫道："先生息怒。你來尋晁保正，無非是投齋化緣。他已與了你米，何故嗔怪如此？"那先生哈哈大笑道："貧道不為酒食錢米而來。我覷見十萬貫如同等閒，特地來尋保正有句話說，叵耐村夫無禮，毀罵貧道，因此性發。"晁蓋道："你曾認得晁保正麼？"那先生道："只聞其名，不曾會面。"晁蓋道："小子便是。先生有甚說話？"那先生看了道："保正休怪，貧道稽首。"晁蓋道："先生少請到莊裏拜茶如何？"那先生道："多感。"兩人入莊裏來。吳用見那先生入來，自和劉唐、三阮一處躲過。

且說晁蓋請那先生到後堂吃茶已罷。那先生道："這裏不是說話處，別有甚麼去處可坐？"晁蓋見說，便邀那先生又到一處小小閣兒內，分賓坐定。晁蓋道："不敢拜問先生高姓？貴鄉何處？"那先生答道："貧道複姓公孫，單諱一個勝字，道號一清先生。小道是薊州人氏，自幼鄉中好習槍棒，學成武藝多般，人但呼為公孫勝大郎。因為學得一家道術，亦能呼風喚雨，駕霧騰雲，江湖上都稱貧道作入雲龍。貧道久聞鄆城縣東溪村保正大名，無緣不曾拜識。今有十萬貫金珠寶貝，專送與保正作進見之禮，未知義士肯納否？"晁蓋大笑道："先生所言，莫非北地生辰綱麼？”那先生大驚道：“保正何以知之？”晁蓋道：“小子胡猜，未知合先生意否？”公孫勝道：“此一套富貴，不可錯過！古人有云：當取不取，過後莫悔。保正心下如何？”

正說之間，只見一個人從閣子外搶將入來，劈胸揪住公孫勝，說道：“好呀！明有王法，暗有神靈，你如何商量這等的勾當？我聽得多時也。”嚇得這公孫勝面如土色。……那人卻是智多星吳學究。晁蓋笑道：“先生休慌，且請相見。”兩個敍禮罷，吳用道：“江湖上久聞人說入雲龍公孫勝一清大名，不期今日此處得會。”晁蓋道：“這位秀士先生，便是智多星吳學究。”公孫勝道：“吾聞江湖上多人曾說加亮先生大名，豈知緣法卻在保正莊上得會賢契。只是保正疏財仗義，以此天下豪傑都投門下。”晁蓋道：“再有幾位相識在裏面，一發請進後堂深處見。”三個人入到裏面，就與劉唐、三阮都相見了。

眾人道：“今日此一會，應非偶然。須請保正哥哥正面而坐。”晁蓋道：“量小子是個窮主人，又無甚罕物相留好客，怎敢佔上。”吳用道：“保正哥哥，依着小生且請坐了。”晁蓋只得坐了第一位。吳用坐了第二位，公孫勝坐了第三位，劉唐坐了第四位，阮小二坐了第五位，阮小五坐第六位，阮小七坐第七位。卻才聚義飲酒。重整杯盤，再備酒餚，眾人飲酌。

吳用道：“保正夢見北斗七星墜在屋脊上，今日我等七人聚義舉事，豈不應天垂象。此一套富貴，唾手而取。我等七人和會，並無一人曉得。想公孫勝先生江湖上仗義疏財之士，所以得知這件事，來投保正。所說央劉兄去探聽路程從哪裏來，今日天晚，來早便請登程。”公孫勝道：“這一事不須去了，貧道已打聽知他來的路數了。只是黃泥岡大路上來。”晁蓋道：“黃泥岡東十里路，地名安樂村，有一個閒漢，叫作白日鼠白勝，也曾來投奔我，我曾賫助他盤纏。”吳用道：“北斗上白光，莫不是應在這人？自有用他處。”劉唐道：“此處黃泥岡較遠，何處可以容身？”吳用道：“只這個白勝家，便是我們安身處。亦還要用了白勝。”晁蓋道：“吳先生，我等還是軟取，卻是硬取？”吳用笑道：“我已安排定了圈套，只看他來的光景。力則力取，智則智取。我有一條計策，不知中你們意否？如此如此。”晁蓋聽了大喜，攧着腳道：“好妙計！不枉了稱你作智多星，果然賽過諸葛亮。好計策！”吳用道：“休得再提。常言道：隔牆須有耳，窗外豈無人。只可你知我知。”晁蓋便道：“阮家三兄且請回歸，至期來小莊聚會。吳先生依舊自去教學。公孫先生並劉唐，只在敝莊權住。”當日飲酒至晚，各自去客房裏歇息。

次日五更起來，晁蓋取出三十兩花銀送與阮家三兄弟，三阮哪裏肯受。吳用道：“朋友之意，不可相阻。”三阮方才受了銀兩。一齊送出莊外來。阮家三弟兄相別了，自回石碣村去。晁蓋留住吳學究與公孫勝、劉唐在莊上，每日議事。

注　釋

1　划楸 —— 槳。
2　激惱 —— 麻煩。
3　小猴子 —— 指小男孩。
4　撞籌 —— 湊數、入夥。
5　道路 —— 生意、買賣。
6　敢 —— 莫非、大約。
7　奢遮 —— 了不起的意思。
8　即目 —— 正當現在。
9　散福 —— 祭神後把供的東西分了吃掉。

第八回

楊志押送金銀擔
吳用智取生辰綱

話休絮繁。卻說北京大名府梁中書，收買了十萬貫慶賀生辰禮物完備，選日差人起程。當下一日在後堂坐下，只見蔡夫人問道："相公，生辰綱幾時起程？"梁中書道："禮物都已完備，明後日便用起身。只是一件事在此躊躇未決。"蔡夫人道："有甚事躊躇未決？"梁中書道："上年費了十萬貫收買金珠寶貝，送上東京去，只因用人不着，半路被賊人劫將去了，至今無獲；今年帳前眼見得又沒個了事[1]的人送去，在此躊躇未決。"蔡夫人指着階下道："你常說這個人十分了得，何不着他委紙領狀送去走一遭，不致失誤。"梁中書看階下那人時，卻是青面獸楊志。梁中書大喜，隨即喚楊志上廳說道："我正忘了你。

你若與我送得生辰綱去，我自有抬舉你處。”楊志叉手向前，稟道：“恩相差遣，不敢不依。只不知怎地打點？幾時起身？”梁中書道：“着落大名府差十輛太平車子[2]，帳前撥十個廂禁軍監押着車，每輛上各插一把黃旗，上寫着‘獻賀太師生辰綱’；每輛車子再使個軍健跟着。三日內便要起身去。”楊志道：“非是小人推託。其實去不得。乞鈞旨別差英雄精細的人去。”梁中書道：“我有心要抬舉你，這獻生辰綱的札子內另修一封書在中間，太師跟前重重保你，受道敕命回來。如何倒生支調，推辭不去？”楊志道：“恩相在上，小人也曾聽得上年已被賊人劫去了，至今未獲。今歲途中盜賊又多，甚是不好。此去東京，又無水路，都是旱路，經過的是紫金山、二龍山、桃花山、傘蓋山、黃泥岡、白沙塢、野雲渡、赤松林等，這幾處都是強人出沒的去處。更兼單身客人，亦不敢獨自經過。他知道是金銀寶物，如何不來搶劫？枉結果了性命。以此去不得。”梁中書道：“恁地時多着軍校防護送去便了。”楊志道：“恩相便差五百人去，也不濟事。這廝們一聲聽得強人來時，都是先走了的。”梁中書道：“你這般地說時，生辰綱不要送去了？”楊志又稟道：“若依小人一件事，便敢送去。”梁中書道：“我既委在你身上，如何不依你說。”楊志道：“若依小人說時，並不要車子，把禮物都裝作十餘條擔子，只作客人的打扮行貨[3]。也點十個壯健的廂禁軍，卻裝作腳夫挑着。只消一個人和小人去，卻打扮作客人。悄悄連夜送上東京交付。恁地時方好。”梁中書道：“你甚說得是。我寫書呈，重重保你，受道誥命回來。”楊志道：“深謝恩相抬舉。”

當日便叫楊志一面打拴擔腳，一面選揀軍人。次日，叫楊志來廳前伺候，梁中書出廳來問道：“楊志，你幾時起身？”楊志稟道：“告覆恩相，只在明早准行，就委領狀。”梁中書道：“夫人也有一擔禮物，另送與府中寶眷，也要你領，怕你不知頭路，特地再教奶公謝都管，並兩個虞侯，和你一同去。”楊志告道：“恩相，楊志去不得了。”梁中書道：“禮物多已拴縛完備，如何又去不得？”楊志稟道：“此十擔禮物都在小人身上，和他眾人都由楊志，要早行便早行，要晚行便晚行，要住便住，要歇便歇，亦依楊志提調。如今又叫老都管並虞侯和小人去，他是夫人行的人，又是太師府門下奶公，倘或路上與小人鱉拗起來，楊志如何敢和他爭執得？若誤了大事時，楊志那其間如何分說？”梁中書道：“這個也容易，我叫他三個都聽你提調便了。”楊志答道：“若是如此稟過，小人情願便委領狀。倘有疏失，甘當重罪。”梁中書大喜道：“我也不枉了抬舉你，真個有見識。”隨即喚老謝都管並兩個虞侯出來，當廳吩咐，老都管一一都應了。

次日早，起五更，在府裏把擔仗都擺在廳前。老都管和兩個虞侯又將一小擔財帛，共十一擔，揀了十一個壯健的廂禁軍，都作腳夫打扮。楊志戴上涼笠兒，穿着青紗衫子，繫了纏帶行履麻鞋，跨口腰刀，提條朴刀。老都管也打扮作個客人模樣。兩個虞侯假裝作跟的伴當。各人都拿了條朴刀，又帶幾根藤條。梁中書付與了札付書呈。一行人都吃得飽了，在廳上拜辭了梁中書。看那軍人擔仗起程，楊志和謝都管、兩個虞侯監押着，一行共是十五人，離了梁府，出得北京城門，取大路投東京進發。五里單牌，十里雙牌。此時正是五月半天氣，雖是晴明得好，只是酷熱難行。

楊志這一行人，要取六月十五日生辰，只得在路途上行。自離了這北京五七日，端的只是起五更、趁早涼便行，日中熱時便歇。五七日後，人家漸少，行客又稀，一站站都是山路。楊志卻要辰牌起身，申時便歇。那十一個廂禁軍，擔子又重，無有一個稍輕。天氣熱了，行不得，見着林子便要去歇息。楊志趕着催促要行，如若停住，輕則痛罵，重則藤條便打，逼趕要行。兩個虞侯雖只背些包裹行李，也氣喘了行不上。楊志也嗔道："你兩個好不曉事！這干係須是俺的！你們不替洒家打這夫子，卻在背後也慢慢地挨。這路上不是耍處。"那虞侯道："不是我兩個要慢走，其實熱了行不動，因此落後。前日只是趁早涼走，如今怎地正熱裏要行？正是好歹不均勻。"楊志道："你這般說話，卻似放屁。前日行的須是好地面，如今正是尷尬去處。若不日裏趕過去，誰敢五更半夜走？"兩個虞侯口裏不道，肚中尋思："這廝不直得便罵人。"

楊志提了朴刀，拿着藤條，自去趕那擔子。兩個虞侯坐在柳蔭樹下等得老都管來。兩個虞侯告訴道："楊家那廝，強殺只是我相公門下一個提轄，直這般做大[4]！"老都管道："須是我相公當面吩咐道：休要和他鷩拗。因此我不作聲。這兩日也看他不得。權且奈他。"兩個虞侯道："相公也只是人情話兒，都管自作個主便了。"老都管又道："且奈他一奈。"當日行到申牌時分，尋得一個客店裏歇了。那十個廂禁軍雨汗通流，都歎氣吹噓，對老都管說道："我們不幸做了軍健，情知道被差出來。這般火似熱的天氣，又挑着重擔。這兩日又不揀早涼行，動不動老大藤條打來。都是一般父母皮肉，我們直恁地苦！"老都管道：“你們不要怨悵，巴到東京時，我自賞你。”眾軍漢道：“若是似都管看待我們時，並不敢怨悵。”又過了一夜。次日，天色未明，眾人跳起來趁早涼起身去。楊志跳起來喝道：“哪裏去！且睡了，卻理會。”眾軍漢道：“趁早不走，日裏熱時走不得，卻打我們。”楊志大罵道：“你們省得甚麼！”拿了藤條要打。眾軍忍氣吞聲，只得睡了。當日直到辰牌時分，慢慢地打火吃了飯走。一路上趕打着，不許投涼處歇。那十一個廂禁軍口裏喃喃訥訥地怨悵，兩個虞侯在老都管面前絮絮聒聒地搬口。老都管聽了，也不着意，心內自惱他。

話休絮繁。似此行了十四五日，那十四個人，沒一個不怨悵楊志。當日客店裏，辰牌時分，慢慢地打火吃了早飯行。正是六月初四日時節，天氣未及晌午，一輪紅日當天，沒半點雲彩。其日十分大熱。

當日行的路，都是山僻崎嶇小徑，南山北嶺。卻監着那十一個軍漢，約行了二十餘里路程。那軍人們思量要去柳蔭樹下歇涼，被楊志拿着藤條打將來，喝道：“快走！教你早歇！”眾軍人看那天時，四下裏無半點雲彩，其時那熱不可當。

楊志催促一行人在山中僻路裏行。看看日色當午，那石頭上熱了，腳疼走不得。眾軍漢道："這般天氣熱，兀的不曬煞人！"楊志喝着軍漢道："快走！趕過前面岡子去，卻再理會。"正行之間，前面迎着那土岡子。

當時一行十五人奔土岡子來，歇下擔仗，那十四人都去松林樹下睡倒了。楊志說道："苦也！這裏是甚麼去處，你們卻在這裏歇涼！起來，快走！"眾軍漢道："你便剁作我七八段，其實去不得了！"楊志拿起藤條，劈頭劈腦打去。打得這個起來，那個睡倒，楊志無可奈何。只見兩個虞侯和老都管氣喘急急，也巴到岡子上松樹下坐了喘氣。看這楊志打那軍健，老都管見了，說道："提轄，端的熱了走不得，休見他罪過。"楊志道："都管，你不知，這裏正是強人出沒的去處，地名叫作黃泥岡。閒常太平時節，白日裏兀自[5]出來劫人，休道是這般光景。誰敢在這裏停腳！"兩個虞侯聽楊志說了，便道："我見你說好幾遍了，只管把這話來驚嚇人！"老都管道："權且教他們眾人歇一歇，略過日中行如何？"楊志道："你也沒分曉了，如何使得！這裏下岡子去，兀自有七八里沒人家。甚麼去處，敢在此歇涼！"老都管道："我自坐一坐了走，你自去趕他眾人先走。"楊志拿着藤條喝道："一個不走的，吃俺二十棍！"眾軍漢一齊叫將起來。數內一個分說道：“提轄，我們挑着百十斤擔子，須不比你空手走的。你端的不把人當人！便是留守相公自來監押時，也容我們說一句。你好不知疼癢，只顧逞辦！”楊志罵道：“這畜生不嘔死俺，只是打便了。”拿起藤條，劈臉便打去。老都管喝道：“楊提轄且住，你聽我說。我在東京太師府裏做奶公時，門下官軍見了無千無萬，都向着我喏喏連聲。不是我口淺，量你是個遭死的軍人，相公可憐，抬舉你做個提轄，比得草芥子大小的官職，直得恁地逞能。休說我是相公家都管，便是村莊一個老的，也合依我勸一勸，只顧把他們打，是何看待！”楊志道：“都管，你須是城市裏人，生長在相府裏，哪裏知道途路上千難萬難。”老都管道：“四川、兩廣也曾去來，不曾見你這般賣弄。”楊志道：“如今須不比太平時節。”都管道：“你說這話該剜口割舌，今日天下怎地不太平？”

楊志卻待要回言，只見對面松林裏影着一個人在那裏舒頭探腦價望。楊志道：“俺說甚麼，兀的不是歹人來了！”撇下籐條，拿了朴刀，趕入松林裏來，喝一聲道：“你這廝好大膽，怎敢看俺的行貨！”只見松林裏一字兒擺着七輛江州車兒[6]，七個人脫得赤條條的在那裏乘涼。一個鬢邊老大一搭硃砂記，拿着一條朴刀，望楊志跟前來。七個人齊叫一聲：“呵也！”都跳起來。楊志喝道：“你等是甚麼人？”那七人道：“你是甚麼人？”楊志又問道：“你等莫不是歹人？”那七人道：“你顛倒問，我等是小本經紀，哪裏有錢與你。”楊志道：“你等小本經紀人，偏俺有大本錢。”那七人問道：“你端的是甚麼人？”楊志道：“你等且說哪裏來的人？”那七人道：“我等弟兄七人，是濠州人，販棗子上東京去，路途打從這裏經過。聽得多人說，這裏黃泥岡上如常有賊打劫客商。我等一面走，一頭自說道：我七個只有些棗子，別無甚財賦，只顧過岡子來。上得岡子，當不過這熱，權且在這林子裏歇一歇，待晚涼了行。只聽得有人上岡子來，我們只怕是歹人，因此使這個兄弟出來看一看。”楊志道：“原來如此。也是一般的客人。卻才見你們窺望，惟恐是歹人，因此趕來看一看。”那七個人道：“客官請幾個棗子去。”楊志道：“不必。”提了朴刀，再回擔邊來。

老都管道：“既是有賊，我們去休。”楊志說道：“俺只道是歹人，原來是幾個販棗子的客人。”老都管道：“似你方才說時，他們都是沒命的！”楊志道：“不必相鬧，俺只要沒事便好。你們且歇了，等涼些走。”眾軍漢都笑了。楊志也把朴刀插在地上，自去一邊樹下坐了歇涼。沒半碗飯時，只見遠遠地一個漢子，挑着一副擔桶，唱上岡子來。唱道：

赤日炎炎似火燒，
野田禾稻半枯焦。
農夫心內如湯煮，
樓上王孫把扇搖！

那漢子口裏唱着，走上岡子來，松林裏頭歇下擔桶，坐地乘涼。眾軍看見了，便問那漢子道："你桶裏是甚麼東西？"那漢子應道："是白酒。"眾軍道："挑往哪裏去？"那漢子道："挑去村裏賣。"眾軍道："多少錢一桶？"那漢子道："五貫足錢。"眾軍商量道："我們又熱又渴，何不買些吃？也解暑氣。"正在那裏湊錢，楊志見了喝道："你們又做甚麼？"眾軍道："買碗酒吃。"楊志調過朴刀杆便打，罵道："你們不得洒家言語，胡亂便要買酒吃，好大膽！"眾軍道："沒事又來鳥亂。我們自湊錢買酒吃，干你甚事，也來打人。"楊志道："你這村鳥理會得甚麼！到來只顧吃嘴，全不曉得路途上的勾當艱難。多少好漢，被蒙汗藥麻翻了！"那挑酒的漢子看着楊志冷笑道：“你這客官好不曉事，早是我不賣與你吃，卻說出這般沒氣力的話來。”

正在松樹邊鬧動爭說，只見對面松林裏那夥販棗子的客人，都提着朴刀走出來問道：“你們做甚麼鬧？”那挑酒的漢子道：“我自挑這酒過岡子村裏賣，熱了在此歇涼。他眾人要問我買些吃，我又不曾賣與他。這個客官道我酒裏有甚麼蒙汗藥。你道好笑麼？說出這般話來！”那七個客人說道：“我只道有歹人出來。原來是如此。說一聲也不打緊。我們倒着買一碗吃。既是他們疑心，且賣一桶與我們吃。”那挑酒的道：“不賣！不賣！”這七個客人道：“你這鳥漢子也不曉事，我們須不曾說你。你左右將到村裏去賣，一般還你錢。便賣些與我們，打甚麼不緊。看你不道得捨施了茶湯，便又救了我們熱渴。”那挑酒的漢子便道：“賣一桶與你不爭，只是被他們說得不好。又沒碗瓢舀吃。”那七人道：“你這漢子忒認真，便說了一聲打甚麼要緊。我們自有椰瓢在這裏。”只見兩個客人去車子前取出兩個椰瓢來，一個捧出一大捧棗子來。七個人立在桶邊，開了桶蓋，輪替換着舀那酒吃，把棗子過口。無一時，一桶酒都吃盡了。七個客人道：“正不曾問得你多少價錢？”那漢道：“我一了[7]不說價，五貫足錢一桶，十貫一擔。”七個客人道：“五貫便依你五貫，只饒我們一瓢吃。”那漢道：“饒不的，做定的價錢。”一個客人把錢還他，一個客人便去揭開桶蓋，兜了一瓢，拿上便吃。那漢去奪時，這客人手拿半瓢酒，望松林裏便去。那漢趕將去，只見這邊一個客人從松林裏走將出來，手裏拿一個瓢，便來桶裏舀了一瓢酒。那漢看見，搶來劈手奪住，望桶裏一傾，便蓋了桶蓋，將瓢望地下一丟，口裏說道：“你這客人好不君子相！戴頭識臉的[8]，也這般囉唣！”

那對過眾軍漢見了，心內癢起來，都待要吃。數中一個看着老都管道：“老爺爺，與我們說一聲。那賣棗子的客人買他一桶吃了，我們胡亂也買他這桶吃，潤一潤喉也好。其實熱渴了，沒奈何，這裏岡子上又沒討水吃處。老爺方便！”老都管見眾軍所說，自心裏也要吃得些，逕來對楊志說：“那販棗子客人已買了他一桶酒吃，只有這一桶，胡亂教他們買了避暑氣。岡子上端的沒處討水吃。”楊志尋思道：“俺在遠遠處望，這廝們都買他的酒吃了，那桶裏當面也見吃了半瓢，想是好的。打了他們半日，胡亂容他買碗吃罷。”楊志道：“既然老都管說了，教這廝們買吃了便起身。”眾軍健聽了這話，湊了五貫足錢來買酒吃。那賣酒的漢子道：“不賣了，不賣了！”便道：“這酒裏有蒙汗藥在裏頭。”眾軍陪着笑說道：“大哥，直得便還言語？”那漢道：“不賣了，休纏！”這販棗子的客人勸道：“你這個鳥漢子，他也說得差了，你也忒認真，連累我們也吃你說了幾聲。須不關他眾人之事，胡亂賣與他眾人吃些。”那漢道：“沒事討別人疑心做甚麼？”這販棗子客人把那賣酒的漢子推開一邊，只顧將這桶酒提與眾軍去吃。那軍漢開了桶蓋，無甚舀吃，陪個小心，問客人借這椰瓢用一用。眾客人道：“就送這幾個棗子與你們過酒。”眾軍謝道：“甚麼道理。”客人道：“休要相謝，都是一般客人，何爭在這百十個棗子上。”眾軍謝了，先兜兩瓢，叫老都管吃一瓢，楊提轄吃一瓢。楊志哪裏肯吃，老都管自先吃了一瓢。兩個虞侯各吃一瓢。眾軍漢一發上，那桶酒登時吃盡了。楊志見眾人吃了無事，自本不吃，一者天氣甚熱，二乃口渴難熬，拿起來，只吃了一半，棗子分幾個吃了。那賣酒的漢子說道：“這桶酒被那客人饒兩瓢吃了，少了你些酒，我今饒了你眾人半貫錢罷。”眾軍漢把錢還他。那漢子收了錢，挑了空桶，依然唱着山歌，自下岡子去了。

只見那七個販棗子的客人，立在松樹旁邊，指着這一十五人，說道：“倒也！倒也！”只見這十五個人，頭重腳輕，一個個面面廝覷，都軟倒了。那七個客人從松樹林裏推出這七輛江州車兒，把車子上棗子都丟在地上，將這十一擔金珠寶貝，卻裝在車子內，叫聲："聒噪！"一直望黃泥岡下推去了。楊志口裏只是叫苦，軟了身體，扎掙不起。十五人眼睜睜地看着那七個人都把這金寶裝了去，只是起不來，掙不動，說不得。

我且問你：這七人端的是誰？不是別人，原來正是晁蓋、吳用、公孫勝、劉唐、三阮這七個。卻才那個挑酒的漢子，便是白日鼠白勝。卻怎地用藥？原來挑上岡子時，兩桶都是好酒。七個人先吃了一桶，劉唐揭起桶蓋，又兜了半瓢吃，故意要他們看着，只是教人死心塌地。次後，吳用去松林裏取出藥來，抖在瓢裏，只作趕來饒他酒吃，把瓢去兜時，藥已攪在酒裏，假意兜半瓢吃，那白勝劈手奪來，傾在桶裏。這個便是計策。那計較都是吳用主張。這個喚作"智取生辰綱"。

原來楊志吃的酒少，便醒得快，爬將起來，兀自捉腳不住。看那十四個人時，口角流涎，都動不得。正應俗語道："饒你奸似鬼，吃了洗腳水。"楊志憤悶道："不爭你把了生辰綱去，教俺如何回去見得梁中書！這紙領狀須繳不得！"就扯破了。"如今閃得俺有家難奔，有國難投，待走哪裏去？不如就這岡子上尋個死處！”撩衣破步……卻待望黃泥岡下躍身一跳，猛可醒悟，拽住了腳，尋思道：“爹娘生下洒家，堂堂一表，凜凜一軀，自小學成十八般武藝在身，終不成只這般休了！比及[9]今日尋個死處，不如日後等他拿得着時，卻再理會。”回身再看那十四個人時，只是眼睜睜地看着楊志，沒個掙扎得起。楊志指着罵道：“都是你這廝們不聽我言語，因此做將出來，連累了洒家！”樹根頭拿了朴刀，掛了腰刀，周圍看時，別無物件。楊志歎了口氣，一直下岡子去了。

注　釋

1 了事——能幹、會辦事。
2 太平車子——用好幾匹牲口拉的載重大車。
3 行貨——東西、商品。
4 做大——擺架子、擺老資格。
5 兀自——還是、仍然。
6 江州車兒——獨輪手推小車。
7 一了——一向。
8 戴頭識臉的——有身份、有面子的。
9 比及——與其。

第九回

景陽岡武松打虎
陽穀境壯士傳名

楊志丟了生辰綱，無法回去交差。恰與被高俅逼出東京的魯智深相遇，遂一起上二龍山珠寶寺落草。由於白勝不慎被逮，晁蓋等所為之事暴露，處境危險。幸得鄆城縣押司宋江暗中通風報信，晁蓋棄了家私，燒了莊園，和三阮兄弟等一起投奔了梁山泊上的頭領王倫。隨後，吳用又設計讓林冲併殺了心胸狹窄的王倫，推晁蓋坐了頭一把交椅。後來，宋江助晁蓋之事被其妾閻婆惜察覺。情急中，宋江殺了要去報官的閻婆惜，逃到柴進莊上躲避，因得結識好漢武松，拜為兄弟。武松因要回家鄉看望哥哥，遂與宋江作別。

只說武松自與宋江分別之後，當晚投客店歇了。次日早起來，打火吃了飯，還了房錢，拴束包裹，提了哨棒，便走上路。尋思道："江湖上只聞說及時雨宋公明，果然不虛。結識得這般弟兄，也不枉了。"武松在路上行了幾日，來到陽穀縣地面。此去離縣治還遠。當日晌午時分，走得肚中飢渴，望見前面有一個酒店，挑着一面招旗在門前，上頭寫着五個字道："三碗不過岡"。武松入到裏面坐下，把哨棒倚了，叫道："主人家，快把酒來吃。"只見店主人把三隻碗，一雙箸，一碟熟菜，放在武松面前，滿滿篩一碗酒來。武松拿起碗，一飲而盡，叫道："這酒好生有氣力！主人家，有飽肚的買些吃酒。"酒家道："只有熟牛肉。"武松道："好的切二三斤來吃酒。"店家去裏面切出二斤熟牛肉，做一大盤子將來，放在武松面前，隨即再篩一碗酒。武松吃了道："好酒！"又篩下一碗，恰好吃了三碗酒，再也不來篩。武松敲着桌子叫道："主人家，怎的不來篩酒？"酒家道："客官要肉便添來。"武松道："我也要酒，也再切些肉來。"酒家道："肉便切來，添與客官吃，酒卻不添了。"武松道："卻又作怪！"便問主人家道："你如何不肯賣酒與我吃？"酒家道："客官，你須見我門前招旗，上面明明寫道'三碗不過岡'。

若是過往客人到此，只吃三碗，更不再問。”武松笑道：“原來恁地，我卻吃了三碗，如何不醉？”酒家道：“我這酒叫作‘透瓶香’，又喚作‘出門倒’，初入口時，醇醲好吃，少刻時便倒。”武松道：“休要胡說！沒地[1]不還你錢！再篩三碗來我吃！”酒家見武松全然不動，又篩三碗。武松吃道：“端的好酒！主人家，我吃一碗，還你一碗錢，只顧篩來。”酒家道：“客官休只管要飲，這酒端的要醉倒人，沒藥醫！”武松道：“休得胡鳥說！便是你使蒙汗藥在裏面，我也有鼻子。”店家被他發話不過，一連又篩了三碗。武松道：“肉便再把二斤來吃。”酒家又切了二斤熟牛肉，再篩了三碗酒。武松吃得口滑，只顧要吃，去身邊取出些碎銀子，叫道：“主人家，你且來看我銀子，還你酒肉錢夠麼？”酒家看了道：“有餘，還有些貼錢[2]與你。”武松道：“不要你貼錢，只將酒來篩。”酒家道：“客官，你要吃酒時，還有五六碗酒哩，只怕你吃不得了。”武松道：“就有五六碗多時，你盡數篩將來。”酒家道：“你這條長漢，倘或醉倒了時，怎扶得你住？”武松答道：“要你扶的不算好漢。”酒家哪裏肯將酒來篩。武松焦躁道：“我又不白吃你的，休要引老爹性發，通教你屋裏粉碎，把你這鳥店子倒翻轉來！”酒家道：“這廝醉了，休惹他。”再篩了六碗酒與武松吃了，前後共吃了十五碗。綽了哨棒，立起身來道：“我卻又不曾醉。”走出門前來，笑道：“卻不說‘三碗不過岡’！”手提哨棒便走。

酒家趕出來叫道：“客官哪裏去？”武松立住了，問道：“叫我做甚麼？我又不少你酒錢，喚我怎地？”酒家叫道：“我是好意。你且回來我家看官司榜文。”武松道：“甚麼榜文？”酒家道：“如今前面景陽岡上，有隻吊睛白額大蟲，晚了出來傷人，壞了三二十條大漢性命。官司如今杖限[3]打獵捕戶，擒捉發落。岡子路口兩邊人民，都有榜文。可教往來客人，結夥成隊，於巳、午、未三個時辰過岡，其餘寅、卯、申、酉、戌、亥六個時辰，不許過岡。更兼單身客人，不許白日過岡，務要等伴結夥而過。這早晚正是未末申初時分，我見你走都不問人，枉送了自家性命。不如就我此間歇了，等明日慢慢湊得三二十人，一齊好過岡子。”武松聽了，笑道：“我是清河縣人氏，這條景陽岡上少也走過了一二十遭。幾時見說有大蟲！你休說這般鳥話來嚇我！便有大蟲，我也不怕！”酒家道：“我是好意救你，你不信時，進來看官司榜文。”武松道：“你鳥子聲！便真個有虎，老爺也不怕！你留我在家裏歇，莫不半夜三更要謀我財，害我性命，卻把鳥大蟲唬嚇我？”酒家道：“你看麼！我是一片好心，反作惡意，倒落得你恁地說。你不信我時，請尊便自行！”那酒店裏主人搖着頭，自進店裏去了。

這武松提了哨棒，大着步自過景陽岡來。約行了四五里路，來到岡子下，見一大樹，刮去了皮，一片白，上寫兩行字。武松也頗識幾字，抬頭看時，上面寫着：“近因景陽岡大蟲傷人，但有過往客商，可於巳、午、未三個時辰，結夥成隊過岡。請勿自誤。”武松看了，笑道：“這是酒家詭詐，驚嚇那等客人，便去那廝家裏宿歇。我卻怕甚麼鳥！”横拖着哨棒，便上岡子來。那時已有申牌時分。這輪紅日，厭厭地相傍下山。武松乘着酒興，只管走上岡子來。走不到半里多路，見一個敗落的山神廟。行到廟前，見這廟門上貼着一張印信榜文。武松住了腳讀時，上面寫道：

陽穀縣示：為景陽岡上新有一隻大蟲，近來傷害人命。見今杖限各鄉里正並獵户人等，打捕未獲。如有過往客商等，可於巳、午、未三個時辰，結伴過岡。其餘時分及單身客人，白日不許過岡。恐被傷害性命不便。各宜知悉。

武松讀了印信榜文，方知端的有虎。欲待發步再回酒店裏來，尋思道：“我回去時，須吃他恥笑，不是好漢，難以轉去。”存想了一回，説道：“怕甚麼鳥！且只顧上去，看怎地！”武松正走，看看酒湧上來，便把氈笠兒背在脊梁上，將哨棒綰在肋下，一步步上那岡子來。回頭看這日色時，漸漸地墜下去了。此時正是十月間天氣，日短夜長，容易得晚。武松自言自語道：“那得甚麼大蟲！人自怕了，不敢上山。”武松走了一直，酒力發作，焦熱起來，一隻手提着哨棒，一隻手把胸膛前袒開，踉踉蹌蹌，直奔過亂樹林來，見一塊光撻撻大青石，把那哨棒倚在一邊，放翻身體，卻待要睡，只見發起一陣狂風。

原來但凡世上雲生從龍，風生從虎。那一陣風過處，只聽得亂樹背後撲地一聲響，跳出一隻吊睛白額大蟲來。武松見了，叫聲“呵呀！”從青石上翻將下來，便拿那條哨棒在手裏，閃在青石邊。那大蟲又飢又渴，把兩隻爪在地下按一按，和身望上一撲，從半空裏躥將下來。武松被那一驚，酒都作冷汗出了。説時遲，那時快。武松見大蟲撲來，只一閃，閃在大蟲背後。那大蟲背後看人最難，便把前爪搭在地下，把腰胯一掀，掀將起來。武松只一躲，躲在一邊。大蟲見掀他不着，吼一聲，卻似半天裏起個霹靂，震得那山岡也動。把這鐵棒也似虎尾倒豎起來，只一剪。武松卻又閃在一邊。原來那大蟲拿人，只是一撲，一掀，一剪，三般提不着時，氣性先自沒了一半。那大蟲又剪不着，再吼了一聲，一兜兜將回來。武松見那大蟲復翻身回來，雙手掄起哨棒，盡平生氣力，只一棒，從半空劈將下來。只聽得一聲響，簌簌地將那樹連枝帶葉劈臉打將下來。定睛看時，一棒劈不着大蟲。原來慌了，正打在枯樹上，把那條哨棒折作兩截，只拿得一半在手裏。那大蟲咆哮，性發起來，翻身又只一撲，撲將來。武松又只一跳，卻退了十步遠。那大蟲恰好把兩隻前爪搭在武松面前。武松將半截棒丟在一邊，兩隻手就勢把大蟲頂花皮肐膪地[4]揪住，一按按將下來。那隻大蟲急要掙扎，早沒了氣力。被武松盡氣力納定，哪裏肯放半點兒鬆寬。武松把隻腳望大蟲面門上、眼睛裏只顧亂踢。那大蟲咆哮起來，把身底下扒起兩堆黃泥，做了一個土坑。武松把那大蟲嘴直按下黃泥坑裏去。那大蟲吃武松奈何得沒了些氣力。武松把左手緊緊地揪住頂花皮，偷出右手來，提起鐵錘般大小拳頭，盡平生之力，只顧打。打得五七十拳，那大蟲眼裏、口裏、鼻子裏、耳朵裏都迸出鮮血來……武松放了手，來松樹邊尋那打折的棒橛，拿在手裏，只怕大蟲不死，把棒橛又打了一回。那大蟲氣都沒了。武松再尋思道："我就地拖得這死大蟲下岡子去。"就血泊裏雙手來提時，哪裏提得動？原來使盡了氣力，手腳都疏軟了，動彈不得。

武松再來青石坐了半歇，尋思道："天色看看黑了，倘或又跳出一隻大蟲來時，我卻怎地鬥得牠過？且掙扎下岡子去，明早卻來理會。"就石頭邊尋了氈笠兒，轉過亂樹林邊，一步步捱下岡子來。走不到半里多路，只見枯草叢中鑽出兩隻大蟲來。武松道："阿呀，我今番死也！性命罷了！"只見那兩個大蟲於黑影裏直立起來。武松定睛看時，卻是兩個人，把虎皮縫作衣裳，緊緊拼在身上。那兩個人手裏各拿着一條五股叉，見了武松，吃一驚道："你那人吃了㹮狆心，豹子肝，獅子腿，膽倒包着身軀！如何敢獨自一個，昏黑將夜，又沒器械，走過岡子來！不知你是人？是鬼？"武松道："你兩個是甚麼人？"那個人道："我們是本處獵戶。"武松道："你們上嶺來做甚麼？"兩個獵戶失驚道："你兀自不知哩！如今景陽岡上有一隻極大的大蟲，夜夜出來傷人。只我們獵戶，也折了七八個。過往客人，不計其數，都被這畜生吃了。本縣知縣着落當鄉里正和我們獵戶人等捕捉。那業畜勢大，難近得牠，誰敢向前！我們為牠正不知吃了多少限棒，只捉牠不得。今夜又該我們兩個捕獵，和十數個鄉夫在此，上上下下放了窩弓藥箭等牠。正在這裏埋伏，卻見你大喇喇地從岡子上走將下來，我兩個吃了一驚。你卻正是甚人？曾見大蟲麼？”武松道：“我是清河縣人氏，姓武，排行第二。卻才岡子上亂樹林邊，正撞着那大蟲，被我一頓拳腳打死了。”兩個獵戶聽得癡呆了，説道：“怕沒這話？”武松道：“你不信時，只看我身上兀自有血跡。”兩個道：“怎地打來？”武松把那打大蟲的本事，再説了一遍。兩個獵戶聽了，又驚又喜，叫攏那十個鄉夫來。只見這十個鄉夫，都拿着鋼叉、踏弩、刀槍，隨即攏來。武松問道：“他們眾人如何不隨着你兩個上山？”獵戶道：“便是那畜生厲害，我們如何敢上來！”一夥十數個人，都在面前。兩個獵戶把武松打殺大蟲的事，説向眾人。眾人都不肯信。武松道：“你眾人不肯信時，我和你去看便了。”眾人身邊有火刀、火石，隨即發出火來，點起五七個火把。眾人都跟着武松，一同再上岡子來，看見那大蟲做一堆兒死在那裏。眾人見了大喜，先叫一個去報知本縣里正，並該管上戶。這裏五七個鄉夫，自把大蟲縛了，抬下岡子來。到得嶺下，早有七八十人都哄將來，先把死大蟲抬在面前，將一乘兜轎，抬了武松，徑投本處一個上戶家來。那上戶里正都在莊前迎接。把這大蟲抬到草廳上。卻有本鄉上戶、本鄉獵戶三二十人，都來相探武松。眾人問道："壯士高姓大名？貴鄉何處？"武松道："小人是此間鄰郡清河縣人氏，姓武名松，排行第二。因從滄州回鄉來，昨晚在岡子那邊酒店吃得大醉了，上岡子來，正撞見這畜生。"把那打虎的身份拳腳，細說了一遍。眾上戶道："真乃英雄好漢！"眾獵戶先把野味將來與武松把杯。武松因打大蟲困乏了，要睡。大戶便教莊客打併客房，且教武松歇息。到天明，上戶先使人去縣裏報知，一面合具虎牀，安排端正，迎送縣裏去。

天明，武松起來洗漱罷，眾多上戶牽一腔羊，挑一擔酒，都在廳前伺候。武松穿了衣裳，整頓巾幘，出到前面，與眾人相見。眾上戶把盞說道："被這個畜生正不知害了多少人性命，連累獵戶吃了幾頓限棒。今日幸得壯士來到，除了這個大害。第一鄉中人民有福，第二客侶通行，實出壯士之賜。"武松謝道："非小子之能，託賴眾長上福蔭。"眾人都來作賀，吃了一早晨酒食。抬出大蟲，放在虎牀上。眾鄉村上戶都把緞匹花紅來掛與武松。武松有些行李包裹，寄在莊上，一齊都出莊門前來。早有陽穀縣知縣相公使人來接武松，都相見了。叫四個莊客，將乘涼轎來抬了武松，把那大蟲扛在前面，掛着花紅緞匹，迎到陽穀縣裏來。

那陽穀縣人民聽得說一個壯士打死了景陽岡上大蟲，迎喝將來，盡皆出來看。轟動了那個縣治。武松在轎上看時，只見亞肩疊背[5]，鬧鬧嚷嚷，屯街塞巷，都來看迎大蟲。到縣前衙門口，知縣已在廳上專等。武松下了轎，扛着大蟲，都到廳前，放在甬道上。知縣看了武松這般模樣，又見了這個老大錦毛大蟲，心中自忖道："不是這個漢，怎地打的這個猛虎！"便喚武松上廳來。武松去廳前聲了喏。知縣問道："你那打虎的壯士，你卻說怎生打了這個大蟲？"武松就廳前將打虎的本事，說了一遍。廳上廳下眾多人等，都驚得呆了。知縣就廳上賜了幾杯酒，將出上戶湊的賞賜錢一千貫，賞賜與武松。武松稟道："小人託賴相公的福蔭，偶然僥倖，打死了這個大蟲。非小人之能，如何敢受賞賜。小人聞知這眾獵戶因這個大蟲受了相公責罰，何不就把這一千貫給散與眾人去用？"知縣道："既是如此，任從壯士。"

武松就把這賞錢在廳上散與眾人獵戶。知縣見他忠厚仁德，有心要抬舉他，便道："雖你原是清河縣人氏，與我這陽穀縣只在咫尺。我今日就參你在本縣做個都頭，如何？"武松跪謝道："若蒙恩相抬舉，小人終身受賜。"知縣隨即喚押司立了文案，當日便參武松做了步兵都頭。眾上戶都來與武松作賀慶喜，連連吃了三五日酒。武松自心中想道："我本要回清河縣去看望哥哥，誰想倒來做了陽穀縣都頭！"自此上官見愛，鄉里聞名。

注　釋

1 沒地——難道。
2 貼錢——找補的零錢。
3 杖限——限期命令。
4 肐膊地——一下、一把的意思。
5 亞肩疊背——"亞"即"壓"。身子擠着身子。

第十回

潯陽樓上題反詩
無爲軍中興風浪

宋江與武松別後，不久也外出訪尋故友。一路結識了許多好漢，並介紹他們上了梁山。後來宋江潛回家中奔喪，被官府捕獲，刺配江州。途經梁山，晁蓋等力勸其上山入夥，宋江不從。吳用、張橫分別給江州兩院押牢節級戴宗及張橫之弟張順寫了信，請求照應宋江。到了江州，宋江在戴宗處結識了好漢黑旋風李逵。三人找來張順，一起吃酒。席間，宋江多吃了些鮮魚，晚上開始肚疼犯病。幸得張順等人照料，始漸好轉。

只說宋江自在營中將息了五七日，覺得身體沒事，病症已痊，思量要入城中去尋戴宗。又過了一日，不見他一個來。次日早飯罷，辰牌前後，揣了些銀子，鎖上房門，離了營裏，信步出街來，徑走入城，去州衙前左邊，尋問戴院長家。有人説道：“他又無老小，只止本身，只在城隍廟間壁觀音庵裏歇。”宋江聽了，尋訪直到那裏，已自鎖了門出去了。卻又來尋問黑旋風李逵時，多人説道：“他是個沒頭神，又無住處，只在牢裏安身。沒地裏的巡檢，東邊歇兩日，西邊歪幾時，正不知他哪裏是住處。”宋江又尋問賣魚牙子張順時，亦有人説道：“他自在城外村裏住。便是賣魚時，也只在城外江邊。只除非討賒錢入城來。”宋江聽罷，又尋出城來，直要問到那裏。獨自一個悶悶不已，信步再出城外來。看見那一派江景非常，觀之不足。正行到一座酒樓前過，仰面看時，旁邊豎着一根望竿，懸掛着一個青布酒旆子，上寫道“潯陽江正庫”，雕簷外一面牌額，上有蘇東坡大書“潯陽樓”三字。宋江看了，便道：“我在鄆城縣時，只聽得説江州好座潯陽樓，原來卻在這裏。我雖獨自一個在此，不可錯過，何不且上樓自己看玩一遭。”宋江來到樓前看時，只見門邊朱紅華表柱上，兩面白粉牌，各有五個大字，寫道：“世間無比酒，天下有名樓。”宋江便上樓來，去靠江佔一座閣子裏坐了，憑欄舉目看時，端的好座酒樓。……

宋江看罷潯陽樓，喝彩不已，憑欄坐下。酒保上樓來，唱了個喏，下了簾子，請問道："官人還是要待客，只是自消遣？"宋江道："要待兩位客人，未見來。你且先取一樽好酒，果品肉食，只顧賣來，魚便不要。"酒保聽了，便下樓去。少時，一托盤把上樓來。一樽藍橋風月美酒，擺下菜蔬時新果品按酒，列幾般肥羊、嫩雞、釀鵝、精肉，盡使朱紅盤碟。宋江看了，心中暗喜，自誇道："這般整齊餚饌，濟楚器皿，端的是好個江州。我雖是犯罪遠流到此，卻也看了些真山真水。我那裏雖有幾座名山古蹟，卻無此等景致。"獨自一個，一杯兩盞，倚欄暢飲，不覺沉醉。猛然驀上心來，思想道："我生在山東，長在鄆城，學吏出身，結識了多少江湖上人，雖留得一個虛名，目今三旬之上，名又不成，功又不就，倒被紋了雙頰，配來在這裏。我家鄉中老父和兄弟，如何得相見！"不覺酒湧上來，潸然淚下。臨風觸目，感恨傷懷。忽然作了一首〈西江月〉詞調，便喚酒保，索借筆硯。起身觀玩，見白粉壁上，多有先人題詠。宋江尋思道："何不就書於此？倘若他日身榮，再來經過，重睹一番，以記歲月，想今日之苦。"乘其酒興，磨得墨濃，蘸得筆飽，去那白粉壁上，揮毫便寫道：

自幼曾攻經史，長成亦有權謀。恰如猛虎臥荒丘，潛伏爪牙忍受。不幸刺紋雙頰，那堪配在江州。他年若得報冤仇，血染潯陽江口！

宋江寫罷，自看了，大喜大笑。一面又飲了數杯酒，不覺歡喜，自狂蕩起來，手舞足蹈，又拿起筆來，去那〈西江月〉後，再寫下四句詩，道是：

心在山東身在吳，飄蓬江海謾嗟吁。
他時若遂淩雲志，敢笑黃巢不丈夫！

宋江寫罷詩，又去後面大書五字道："鄆城宋江作"。寫罷，擲筆在桌上，又自歌了一回，再飲過數杯酒，不覺沉醉，力不勝酒。便喚酒保計算了，取些銀子算還，多的都賞了酒保。拂袖下樓來，踉踉蹌蹌，取路回營裏來。開了房門，便倒在牀上，一覺直睡到五更。酒醒時，全然不記得昨日在潯陽江樓上題詩一節。當日害酒，自在房裏睡臥，不在話下。

且說這江州對岸有個去處，喚作無為軍，卻是個野去處。城中有個在閒通判，姓黃，雙名文炳。這人雖讀經書，卻是阿諛諂佞之徒，心地匾窄，只要嫉賢妒能。勝如己者害之，不如己者弄之。專在鄉里害人。聞知這蔡九知府是當朝蔡太師兒子，每每來浸潤[1]他，時常過江來謁訪知府，指望他引薦出職，再欲做官。也是宋江命運合當受苦，撞了這個對頭。當日這黃文炳在私家閒坐，無可消遣，帶了兩個僕人，買了些時新禮物，自家一隻快船渡過江來，徑去府裏探望蔡九知府。恰恨撞着府裏公宴，不敢進去。卻再回船邊來歸去，不期那隻船僕人已纜在潯陽樓下。黃文炳因見天氣暄熱，且去樓上閒玩一回，信步入酒庫裏來，看了一遭。轉到酒樓上，憑欄消遣，觀見壁上題詠甚多，說道："前人詩詞，也有作得好的，亦有歪談亂道的。"黃文炳看了冷笑。正看到宋江題〈西江月〉詞並所吟四句詩，大驚道："這個不是反詩！誰寫在此？"後面卻書道"鄆城宋江作"五個大字。黃文炳道："我也多曾聞這個名字，那人多管是個小吏。"便叫酒保來問道："作這兩篇詩詞，端的是何人題下在此？"酒保道："夜來一個人，獨自吃了一瓶酒，醉後疏狂，寫在這裏。"黃文炳道："約莫甚麼樣人？"酒保道："面頰上有兩行金印，多管是牢城營內人。生得黑矮肥胖。”黃文炳道：“是了。”就借筆硯，取幅紙來抄了，藏在身邊，吩咐酒保休要颳去了。

黃文炳下樓，自去船中歇了一夜。次日飯後，僕人挑了盒仗，一徑又到府前。正值知府退堂在衙內，使人入去報復。多樣時，蔡九知府遣人出來，邀請在後堂。蔡九知府卻出來與黃文炳敍罷寒溫已畢，送了禮物，分賓坐下。黃文炳稟説道：“文炳夜來渡江，到府拜望。聞知公宴，不敢擅入。今日重復拜見恩相。”蔡九知府道：“通判乃是心腹之交，徑入來同坐何妨。下官有失迎迓。”左右執事人獻茶。茶罷，黃文炳道：“相公在上，不敢拜問，不知近日尊府太師恩相曾使人來否？”知府道：“前日才有書來。”黃文炳道：“不敢動問，京師近日有何新聞？”知府道：“家尊寫來書上吩咐道：近日太史院司天監奏道：夜觀天象，罡星照臨吳楚分野之地。敢有作耗[2]之人，隨即體察剿除。囑咐下官，緊守地方。更兼街市小兒謠言四句道：‘耗國因家木，刀兵點水工。縱橫三十六，播亂在山東。’因此特寫封家書來，教下官提備。”黃文炳尋思了半晌，笑道：“恩相，事非偶然也。”黃文炳袖中取出所抄之詩，呈與知府道：“不想卻在於此處。”蔡九知府看了道：“這個卻正是反詩，通判哪裏得來？”黃文炳道：“小生夜來不敢進府，回至江邊，無可消遣，卻去潯陽樓上避熱閒玩，觀看前人吟詠。只見白粉壁上新題下這篇。”知府道：“卻是何等樣人寫下？”黃文炳回道：“相公，上面明題着姓名，道是‘鄆城宋江作’。”知府道：“這宋江卻是甚麼人？”黃文炳道：“他分明寫，自道‘不幸刺紋雙頰，只今配在江州’，眼見得只是個配軍，牢城營犯罪的囚徒。”知府道：“量這個配軍，做得甚麼！”黃文炳道：“相公不可小覷了他！恰才相公所言，尊府恩相家書說小兒謠言，正應在本人身上。”知府道：“何以見得？”黃文炳道：“‘耗國因家木’，耗散國家錢糧的人，必是家頭着個木字，明明是個宋字。第二句‘刀兵點水工’，興起刀兵之人，水邊着個工字，明是個江字。這個人姓宋名江，又作下反詩，明是天數。萬民有福。”知府又問道：“何為‘縱橫三十六，播亂在山東’？”黃文炳答道：“或是六六之年，或是六六之數，‘播亂在山東’，今鄆城縣正是山東地方。這四句謠言已都應了。”知府又道：“不知此間有這個人麼？”黃文炳回道：“小生夜來問那酒保時，說道這人只是前日寫下了去。這個不難，只取牢城營文冊一查，便見有無。”知府道：“通判高見極明。”便喚從人叫庫子取過牢城營裏文冊簿來看。當時從人於庫內取至文冊，蔡九知府親自檢看，見後面果有於今五月間新配到囚徒一名，鄆城縣宋江。黃文炳看了道：“正是應謠言的人，非同小可。如是遲緩，誠恐走透了消息。可急差人捕獲，下在牢裏，卻再商議。”知府道：“言之極當。”隨即升廳，叫喚兩院押牢節級過來。廳下戴宗聲喏。知府道：“你與我帶了做公的人，快下牢城營裏捉拿潯陽樓吟反詩的犯人鄆城縣宋江來，不可時刻違誤！”

戴宗聽罷，吃了一驚，心裏只叫得苦。隨即出府來，點了眾節級牢子，都教：“各去家裏取了各人器械，來我間壁城隍廟裏取齊。”戴宗吩咐了眾人，各自歸家去。戴宗即自作起神行法，先來到牢城營裏，徑入抄事房，推開門看時，宋江正在房裏。見是戴宗入來，慌忙迎接，便道：“我前日入城來，哪裏不尋遍。因賢弟不在，獨自無聊，自去潯陽樓上飲了一瓶酒。這兩日迷迷不好，正在這裏害酒。”戴宗道：“哥哥，你前日卻寫下甚言語在樓上？”宋江道：“醉後狂言，忘記了，誰人記得！”戴宗道：“卻才知府喚我當廳發落，教多帶從人，拿捉潯陽樓上題反詩的犯人鄆城縣宋江正身赴官。兄弟吃了一驚，先去穩住眾做公的，在城隍廟等候。如今我特來先報知哥哥，卻是怎地好！如何解救？”宋江聽罷，撓頭不知癢處，只叫得苦，“我今番必是死也！”戴宗道：“我教仁兄一着解手[3]，未知如何？如今小弟不敢耽擱，回去便和人來捉你。你可披亂了頭髮，把尿屎潑在地上，就倒在裏面，詐作瘋魔。我和眾人來時，你便口裏胡言亂語，口作失心瘋便好。我自去替你回覆知府。”宋江道：“感謝賢弟指教，萬望維持則個。”

戴宗慌忙別了宋江，回到城裏，徑來城隍廟，喚了眾人做公的，一直奔入牢城營裏來。徑喝問了：“哪個是新配來的宋江？”牌頭引眾人到抄事房裏，只見宋江披散頭髮，倒在尿屎坑裏滾。見了戴宗和做公的人來，便說道：“你們是甚麼鳥人？”戴宗假意大喝一聲：“捉拿這廝！”宋江白着眼，卻亂打將來，口裏亂道：“我是玉皇大帝的女婿，丈人教我領十萬天兵，來殺你江州人。閻羅大王做先鋒，五道軍做合後。與我一顆金印，重八百餘斤。殺你這般鳥人！”眾做公的道：“原來是個失心瘋的漢子，我們拿他去何用？”戴宗道：“說得是。我們且去回話，要拿時再來。”

眾人跟了戴宗，回到州衙裏。蔡九知府在廳上專等回報。戴宗和眾做公的在廳下回覆知府道：“原來這宋江是個失心瘋的人，尿屎穢污全不顧，口裏胡言亂語，全無正性。渾身臭糞不可當，因此不敢拿來。”蔡九知府正待要問緣故時，黃文炳早在屏風背後轉將出來，對知府道：“休信這話！本人作的詩詞，寫的筆跡，不是有瘋證的人，其中有詐。好歹只顧拿來，便走不動，扛也扛將來。”蔡九知府道：“通判說得是。”便發落戴宗：“你們不揀怎地，只與我拿得來，在此專等！”戴宗領了鈞旨，只叫得苦。再將帶了眾人，下牢城營裏來，對宋江道：“仁兄，事不諧矣！兄長只得去走一遭。”便把一個大竹籮，扛了宋江，直抬到江州府裏，當廳歇下。知府道：“拿過這廝來！”眾做公的把宋江押於階下。宋江哪裏肯跪，睜着眼，見了蔡九知府道：“你是甚麼鳥人，敢來問我！我是玉皇大帝的女婿，丈人教我引十萬天兵，來殺你江州人。閻羅大王做先鋒，五道將軍做合後。有一顆金印，重八百餘斤。你也快躲了我。不時，教你們都死。”蔡九知府看了，沒作理會處。黃文炳又對知府道：“且喚本營差撥並牌頭來問，這人來時有瘋，近日卻才瘋？若是來時瘋，便是真症候；若是近日才瘋，必是詐瘋。”知府道：“言之極當。”便差人喚到管營、差撥，問他兩個時，哪裏敢隱瞞。只得直說道：“這人來時不見有瘋病。敢只是近日舉發此症。”

知府聽了大怒，喚過牢子獄卒，把宋江捆翻，一連打上五十下，打得宋江一佛出世，二佛涅槃[4]，皮開肉綻，鮮血淋漓。戴宗看了，只叫得苦，又沒做道理救他處。宋江初時也胡言亂語，次後吃拷打不過，只得招道："自不合一時酒後，誤寫反詩，別無主意。"蔡九知府明取了招狀，將一面二十五斤死囚枷枷了，推放大牢裏收禁。宋江吃打得兩腿走不動。當廳釘了，直押赴死囚牢裏來。卻得戴宗一力維持，吩咐了眾小牢子，都教好覷此人。戴宗自安排飯食，供給宋江，不在話下。

注　釋

1　浸潤 —— 這裏指用讒言討好。

2　作耗 —— 作亂、作祟。

3　解手 —— 這裏指解決危難、轉危為安的辦法。

4　一佛出世，二佛涅槃 —— 這裏有死去活來的意思。

第十一回

神行太保傳假信
梁山好漢劫法場

江州知府蔡九寫信給其父即當朝太師蔡京，報告捕獲宋江之事。因戴宗會使神行法，日行八百里，遂被命往東京給蔡京送信及壽禮。李逵在牢中盡心照護宋江。

不說李逵自看覷宋江。且說戴宗回到下處，換了腿絣護膝，八搭麻鞋，穿上杏黃衫，整了搭膊，腰裏插了宣牌，換了巾幘，便袋裏藏了書信、盤纏，挑上兩個信籠，出到城外。身邊取出四個甲馬[1]，去兩隻腿上每隻各拴兩個，肩上挑上兩個信籠，口裏唸起神行法咒語來。

當日戴宗離了江州，一日行到晚，投客店安歇。解下甲馬，取數百金錢燒送了。過了一宿，次日早起來，吃了素食，離了客店，又拴上四個甲馬，挑起信籠，放開腳步便行。端的是耳邊風雨之聲，腳不點地。路上略吃些素飯、素酒、點心又走。看看日暮，戴宗早歇了，又投客店宿歇一夜。次日起個五更，趕早涼行，拴上甲馬，挑上信籠又走。約行過了三二百里，已是巳牌時分，不見一個乾淨酒店。此時正是六月初旬天氣，蒸得汗雨淋漓，滿身蒸濕，又怕中了暑氣。正飢渴之際，早望見前面樹林側首一座傍水臨湖酒肆。戴宗捻指間走到跟前看時，乾乾淨淨，有二十副座頭，盡是紅油桌凳，一帶都是檻窗。戴宗挑着信籠，入到裏面，揀一副穩便座頭，歇下信籠，解下腰裏搭膊，脱下杏黃衫，噴口水，晾在窗欄上。戴宗坐下，只見個酒保來問道："上下，打幾角酒？要甚麼肉食下酒？或鵝豬羊牛肉？"戴宗道："酒便不要多，與我做口飯來吃。"酒保又道："我這裏賣酒賣飯，又有饅頭粉湯。"戴宗道："我卻不吃葷酒，有甚素湯下飯？"酒保道："加料麻辣爊豆腐如何？"戴宗道："最好，最好！"酒保去不多時，爊一碗豆腐，放兩碟菜蔬，連篩三大碗酒來。戴宗正飢又渴，一上[2]把酒和豆腐都吃了，卻待討飯吃，只見天旋地轉，頭暈眼花，就凳邊便倒。酒保叫道："倒了。"當下朱貴從裏面出來，説道："且把信籠將入去，先搜那廝身邊，有甚東西？”便有兩個火家去他身上搜看。只見便袋裏搜出一個紙包，包着一封書，取過來遞與朱頭領。朱貴扯開，卻是一封家書，見封皮上面寫道：“平安家書，百拜奉上父親大人膝下，男蔡德章謹封。”朱貴便拆開從頭看了，見上面寫道：“見今拿得應謠言題反詩山東宋江，監收在牢一節，聽候施行。”朱貴看罷，驚得呆了，半晌則聲不得。火家正把戴宗扛起來，背入殺人作坊裏去開剝。只見凳頭邊溜下搭膊，上掛着朱紅綠漆宣牌。朱貴拿起來看時，上面雕着銀字，道是：“江州兩院押牢節級戴宗”。朱貴看了道：“且不要動手。我常聽得軍師所說，這江州有個神行太保戴宗，是他至愛相識，莫非正是此人？如何倒送書去害宋江？這一段事卻又得天幸，耽住宋哥哥性命不當死，撞在我手裏。你那火家，且與我把解藥救醒他來，問個虛實緣由。”

當時火家把水調了解藥，扶起來灌將下去。須臾之間，只見戴宗舒眉展眼，便爬起來，卻見朱貴拆開家書在手裏看。戴宗便叫道：“你是甚人？好大膽，卻把蒙汗藥麻翻了我。如今又把太師府書信擅開，拆毀了封皮，卻該甚罪！”朱貴笑道：“這封鳥書打甚麼不緊！休說拆開了太師府書札，便有利害，俺這裏兀自要和大宋皇帝做個對頭的！”戴宗聽了大驚，便問道：“足下好漢，你卻是誰？願求大名。”朱貴答道：“俺這裏行不更名，坐不改姓，梁山泊好漢旱地忽律朱貴的便是。”戴宗道：“既然是梁山泊頭領時，定然認得吳學究先生。”朱貴道：“吳學究是俺大寨裏軍師，執掌兵權。足下如何認得他？”戴宗道：“他和小可至愛相識。”朱貴道：“亦聞軍師多曾說來，兄長莫非是江州神行太保戴院長？”戴宗道：“小可便是。”朱貴又問道：“前者宋公明斷配江州，經過山寨，吳軍師曾寄一封書與足下。如今卻倒去害宋三郎性命？”戴宗又說道：“宋公明和我又是至愛弟兄，他如今為吟了反詩，救他不得。我如今正要往京師尋門路救他，我如何肯害他性命！”朱貴道：“你不信，請看蔡九知府的來書。”戴宗看了，自吃一驚。卻把吳學究初寄的書，與宋公明相會的話，並宋江在潯陽樓醉後誤題反詩一事，都將備細說了一遍。朱貴道：“既然如此，請院長親到山寨裏與眾頭領商議良策，可救宋公明性命。”

朱貴慌忙叫備分例酒食，管待了戴宗。便向水亭上，覷着對港放了一枝號箭。響箭到處，早有小嘍囉搖過船來。朱貴便同戴宗帶了信籠下船，到金沙灘上岸，引至大寨。吳用見報，連忙下關迎接。見了戴宗，敍禮道：“間別久矣！今日甚風吹得到此？且請到大寨裏來。”與眾頭領相見了，朱貴說起戴宗來的緣故，“如今宋公明見監在彼。”晁蓋聽得，慌忙請戴院長坐地，備問：“緣何我宋三郎吃官司，為因甚麼事起來？”戴宗卻把宋江吟反詩的事，一一對晁蓋等眾人說了。晁蓋聽罷大驚，便要起請眾頭領，點了人馬，下山去打江州，救取宋三郎上山。吳用諫道：“哥哥不可造次。江州離此間路遠，軍馬去時，誠恐因而惹禍，打草驚蛇，倒送宋公明性命。此一件事，不可力敵，只可智取。吳用不才，略施小計，只在戴院長身上，定要救宋三郎性命。”晁蓋道：“願聞軍師妙計。”吳學究道：“如今蔡九知府卻差院長送書上東京去，討太師回報。只這封書上，將計就計，寫一封假回書，教院長回去。書上只說教把犯人宋江切不可施行，便須密切差得當人員解赴東京，問了詳細，定行處決示眾，斷絕童謠。等他解來此間經過，我這裏自差人下山奪了。此計如何？”晁蓋道：“倘若不從這裏經過，卻不誤了大事？”公孫勝便道：“這個何難。我們自着人去遠近探聽，遮莫從哪裏過，務要等着，好歹奪了。只怕不能勾他解來。”

晁蓋道：“好卻是好，只是沒人會寫蔡京筆跡。”吳學究道：“吳用已思量心裏了。如今天下盛行四家字體，是蘇東坡、黃魯直、米元章、蔡太師四家字體。蘇、黃、米、蔡，宋朝四絕。小生曾和濟州城裏一個秀才作相識，那人姓蕭名讓。因他會寫諸家字體，人都喚他作聖手書生。又會使槍弄棒，舞劍掄刀。吳用知他寫得蔡京筆跡。不若央及戴院長，就到他家，賺道泰安州嶽廟裏要寫道碑文，先送五十兩銀子在此，作安家之資，便要他來。隨後卻使人賺了他老小上山，就教本人入夥，如何？”晁蓋道：“書有他寫，便好歹也須用使個圖書印記。”吳學究又道：“吳用再有個相識，小生亦思量在肚裏了。這人也是中原一絕，見在濟州城裏居住，本身姓金，雙名大堅。開得好石碑文，剔得好圖書玉石印記，亦會槍棒厮打。因為他雕得好玉石，人都稱他作玉臂匠。也把五十兩銀去，就賺他來鐫碑文。到半路上，卻也如此行便了。這兩個人山寨裏亦有用他處。”晁蓋道：“妙哉！”當日且安排筵席，管待戴宗，就晚歇了。

次日，早飯罷，煩請戴院長打扮作太保[3]模樣，將了一二百兩銀子，拴上甲馬，便下山，把船渡過金沙灘上岸，拽開腳步奔到濟州來。沒兩個時辰，早到城裏，尋問聖手書生蕭讓住處。有人指道：“只在州衙東首文廟前居住。”戴宗徑到門首，咳嗽一聲，問道：“蕭先生有麼？”

那蕭讓出到外面，見了戴宗，卻不認得。便問道：“太保何處？有甚見教？”戴宗施禮罷，說道：“小可是泰安州嶽廟裏打供太保。今為本廟重修五嶽樓，本州上戶要刻道碑文，特地教小可賫白銀五十兩作安家之資，請秀才便那尊步，同到廟裏作文則個[4]。選定了日期，不可遲滯。”蕭讓道：“小生只會作文及書丹[5]，別無甚用。如要立碑。還用刊字匠作。”戴宗道：“小可再有五十兩白銀，就要請玉臂匠金大堅刻石。揀定了好日，萬望二位便那尊步。”蕭讓得了五十兩銀子，便和戴宗同來尋請金大堅。正行過文廟，只見蕭讓把手指道：“前面那個來的，便是玉臂匠金大堅。”當時蕭讓喚住金大堅，教與戴宗相見，且說泰安州嶽廟裏重修五嶽樓，眾上戶要立道碑文碣石之事：“這太保特地各賫五十兩銀子，來請我和你兩個去。”金大堅見了銀子，心中歡喜。兩個邀請戴宗就酒肆中市沽三杯，置些蔬食，管待了。戴宗就付與金大堅五十兩銀子，作安家之資。又說道：“陰陽人[6]已揀定了日期，請二位今日便煩動身。”蕭讓道：“天氣暄熱，今日便動身也行不多路，前面趕不上宿頭。只是來日起個五更，挨門出去。”金大堅道：“正是如此說。”兩個都約定了來早起身，各自歸家，收拾動用。蕭讓留戴宗在家宿歇。

次日五更，金大堅持了包裹行頭，來和蕭讓、戴宗三人同行。離了濟州城裏，行不過十里多路。戴宗道："二位先生慢來，不敢催逼。小可先去報知眾上戶來接二位。"拽開步數，爭先去了。這兩個背着些包裹，自慢慢而行。看看走到未牌時分，約莫也走過了七八十里路，只見前面一聲唿哨響，山城坡下跳出一夥好漢，約有四五十人。當頭一個好漢，正是那清風山王矮虎，大喝一聲道："你那兩個是甚麼人？哪裏去？孩兒們，拿這廝取心兒吃酒。"蕭讓告道："小人兩個是上泰安州刻石鐫文，又沒一分財賦，止有幾件衣服。"王矮虎喝道："俺不要你財賦、衣服，只要你兩個聰明人的心肝作下酒。"蕭讓和金大堅焦躁，倚仗各人胸中本事，便挺着杆棒，徑奔王矮虎。王矮虎也挺朴刀來鬥兩個。三人各使手中器械，約戰了五七合，王矮虎轉身便走。兩個卻待去趕，聽得山上鑼聲又響，左邊走出雲裏金剛宋萬，右邊走出摸着天杜遷，背後卻是白面郎君鄭天壽，各帶三十餘人一發上，把蕭讓、金大堅橫拖倒拽，捉投林子裏來。

四籌好漢道："你兩個放心，我們奉着晁天王的將令，特來請你二位上山入夥。"蕭讓道："山寨裏要我們何用？我兩個手無縛雞之力，只好吃飯。"杜遷道："吳軍師一來與你相識，二乃知你兩個武藝本事，特使戴宗來宅上相請。”蕭讓、金大堅都面面廝覷，作聲不得。當時都到旱地忽律朱貴酒店裏，相待了分例酒食，連夜喚船，便送上山來。到得大寨，晁蓋、吳用並頭領眾人都相見了，一面安排筵席相待，且說修蔡京回書一事，“因請二位上山入夥，共聚大義。”兩個聽了，都扯住吳學究道：“我們在此趨侍不妨，只恨各家都有老小在彼，明日官司知道，必然壞了！”吳用道：“二位賢弟不必憂心，天明時便有分曉。”當夜只顧吃酒歇了。

次日天明，只見小嘍囉報道：“都到了。”吳學究道：“請二位賢弟親自去接寶眷。”蕭讓、金大堅聽得，半信半不信。兩個下至半山，只見數乘轎子，抬着兩家老小上山來。兩個驚得呆了，問其備細。老小說道：“你兩個出門之後，只見這一行人將着轎子來，說家長只在城外客店裏中了暑風，快叫取老小來看救。出得城時，不容我們下轎，直抬到這裏。”兩家都一般說。蕭讓聽了，與金大堅兩個閉口無言。只得死心塌地，再回山寨入夥。

安頓了兩家老小。吳學究卻請出來與蕭讓商議寫蔡京字體回書，去救宋公明。金大堅便道：“從來雕得蔡京的諸樣圖書名諱字號。”當時兩個動手完成，安排了回書，備個筵席，便送戴宗起程，吩咐了備細書意。戴宗辭了眾頭領，相別下山。小嘍囉已把船隻渡過金沙灘，送至朱貴酒店裏。戴宗取四個甲馬，拴在腿上，作別朱貴，拽開腳步，登程去了。

且說吳用送了戴宗過渡，自同眾頭領再回大寨筵席。正飲酒之間，只見吳學究叫聲苦，不知高低。眾頭領問道：“軍師何故叫苦？”吳用便道：“你眾人不知。是我這封書，倒送了戴宗和宋公明性命也。”眾頭領大驚，連忙問道：“軍師書上卻是怎地差錯？”吳學究道：“是我一時只顧其前，不顧其後。書中有個老大脱卯[7]。”蕭讓便道：“小生寫的字體，和蔡太師字體一般，語句又不曾差了。請問軍師，不知哪一處脱卯？”金大堅又道：“小生雕的圖書，亦無纖毫差錯，怎地見得有脱卯處？”

吳用説道：“早間戴院長將去的回書，是我一時不仔細，見不到處。才使得那個圖書，不是玉箸篆文‘翰林蔡京’四字？只是這個圖書，便是教戴宗吃官司。”金大堅便道：“小弟每每見蔡太師書緘，並他的文章，都是這樣圖書。今次雕得無纖毫差錯，如何有破綻？”吳學究道：“你眾位不知。如今江州蔡九知府，是蔡太師兒子，如何父寫書與兒子卻使個諱字圖書？因此差了。是我見不到處。此人到江州，必被盤詰。問出實情，卻是利害。”晁蓋道：“快使人去趕喚他回來，別寫如何？”吳學究道：“如何趕得上。他作起神行法來，這早晚已走過五百里了。只是事不宜遲，我們只得恁地，可救他兩個。”晁蓋道：“怎生去救？用何良策？”吳學究便向前與晁蓋耳邊說道：“這般這般，如此如此。主將便可暗傳下號令與眾人知道，只是如此動身，休要誤了日期。”眾多好漢得了將令，各各拴束行頭，連夜下山，望江州來，不在話下。

且說戴宗扣着日期，回到江州，當廳下了回書。蔡九知府見了戴宗如期回來，好生歡喜，先取酒來賞了三種，親自接了回書，便道：“你曾見我太師麼？”戴宗稟道：“小人只住得一夜便回了，不曾得見恩相。”知府拆開封皮，看見前面說：“信籠內許多物件都收了。”背後說：“妖人宋江，今上自要他看，可令牢固陷車盛載，密切差得當人員，連夜解上京師。沿途休教走失。”書尾說：“黃文炳早晚奏過天子，必然自有除授。”蔡九知府看了，喜不自勝，教取一錠二十五兩花銀，賞了戴宗。一面吩咐教合陷車，商量差人解發起身。戴宗謝了，自回下處，買了些酒肉來牢裏看覷宋江，不在話下。

且說蔡九知府催併合成陷車。過得一二日，正要起程，只見門子來報道：“無為軍黃通判特來相探。”蔡九知府叫請至後堂相見。又送些禮物時新酒果。知府謝道：“累承厚意，何以克當！”黃文炳道：“村野微物，何足掛齒，不以為禮，何勞稱謝。”知府道：“恭喜早晚必有榮除之慶。”黃文炳道：“相公何以知之？”知府道：“昨日下書人已回。妖人宋江教解京師。通判榮任，只在早晚奏過今上，升擢高任。家尊回書，備說此事。”黃文炳道：“既是恁地，深感恩相主薦。那個人下書，真乃神行人也。”知府道：“通判如不信時，就教觀看家書，顯得下官不謬。”黃文炳道：“小生只恐家書不敢擅看。如若相託，求借一觀。”知府便道：“通判乃心腹之交，看有何妨。”便令從人取過家書遞與黃文炳看。黃文炳接書在手，從頭至尾，讀了一遍，捲過來看了封皮，又見圖書新鮮。黃文炳搖着頭道：“這封書不是真的。”知府道：“通判錯矣！此是家尊親手筆跡，真正字體，如何不是真的？”黃文炳道：“相公容覆，往常家書來時，曾有這個圖書麼？”知府道：“往常來的家書，卻不曾有這個圖書來，只是隨手寫的。今番以定是圖書匣在手邊，就便印了這個圖書在封皮上。”黃文炳道：“相公，休怪小生多言，這封書被人瞞過了相公。方今天下盛行蘇、黃、米、蔡四家字體，誰不習學得。況兼這個圖書，是令尊府恩相做翰林大學士時使出來，法帖文字上，多有人曾見。如今升轉太師丞相，如何肯把翰林圖書使出來？更兼亦是父寄書與子，須不當用諱字圖書。令尊府太師恩相，是個識窮天下學，覽遍世間書，高明遠見的人，安肯造次錯用。相公不信小生輕薄之言，可細細盤問下書人，曾見府裏誰來。若說不對，便是假書。休怪小生多言，只是錯愛至厚，方敢僭言。"蔡九知府聽了，說道："這事不難。此人自來不曾到東京，一盤問便顯虛實。"知府留住黃文炳在屏風背後坐地，隨即升廳，公吏兩邊排立。知府叫喚戴宗有委用的事。當下做公的領了鈞旨，四散去尋。

且說戴宗自回到江州，先去牢裏見了宋江，附耳低言，將前事說了。宋江心中暗喜。次日，又有人請去酌杯。戴宗正在酒肆中吃酒，只見做公的四下來尋。當時把戴宗喚到廳上，蔡九知府問道："前日有勞你走了一遭，真個辦事，未曾重重賞你。"戴宗答道："小人是承奉恩相差使的人，如何敢怠慢。"知府道："我正連日事忙，未曾問得你個仔細。你前日與我去京師，哪座門入去？"戴宗道："小人到東京時，那日天色晚了，不知喚作甚麼門。"知府又道："我家府裏門前誰接着你？留你在哪裏歇？"

戴宗道："小人到府前，尋見一個門子，接了書入去。少頃，門子出來，交收了信籠，着小人自去尋客店裏歇了。次日早五更，去府門前伺候時，只見那門子回書出來。小人怕誤了日期，哪裏敢再問備細。慌忙一徑來了。"知府再問道："你見我府裏那個門子，卻是多少年紀？或是黑瘦也白淨肥胖？長大也是矮小？有鬚的也是無鬚的？"戴宗道："小人到府裏時，天色黑了。次早回時，又是五更時候，天色昏暗，不十分看得仔細。只覺不甚麼長，中等身材，敢是有些髭鬚。"知府大怒，喝一聲："拿下廳去！"傍邊走過十數個獄卒牢子，將戴宗拖翻在當面。戴宗告道："小人無罪。"知府喝道："你這廝該死！我府裏老門子王公，已死了數年，如今只是個小王看門。如何卻道他年紀大，有髭髯。況兼門子小王，不能勾入府堂裏去。但有各處來的書信緘帖，必須經由府堂裏張幹辦，方才去見李都管，然後達知裏面，才收禮物。便要回書，也須得伺候三日。我這信籠東西，如何沒個心腹的人出來，問你個常便備細，就胡亂收了？我昨日一時間倉促，被你這廝瞞過了。你如今只好好招說，這封書哪裏得來？"戴宗道："小人一時心慌，要趕程途，因此不曾看得分曉。"蔡九知府喝道："胡說！這賊骨頭不打如何肯招！左右，與我加力打這廝！”獄卒牢子情知不好，覷不得面皮，把戴宗捆翻，打得皮開肉綻，鮮血迸流。戴宗捱不過拷打，只得招道：“端的這封書是假的。”知府道：“你這廝怎地得這封假書來？”戴宗告道：“小人路經梁山泊過，走出那一夥強人來，把小人劫了，綁縛上山，要割腹剖心。去小人身上，搜出書信看了，把信籠都奪了，卻饒了小人。情知回鄉不得，只要山中乞死。他那裏卻寫這封書與小人，回來脫身。一時怕見罪責，小人瞞了恩相。”知府道：“是便是了，中間還有些胡說。眼見得你和梁山泊賊人通同造意，謀了我信籠物件，卻如何說這話。再打那廝！”

戴宗由他拷訊，只不肯招和梁山泊通情。蔡九知府再把戴宗拷訊了一回，語言前後相同，說道：“不必問了。取具大枷枷了，下在牢裏。”卻退廳來，稱謝黃文炳道：“若非通判高見。下官險些兒誤了大事！”黃文炳又道：“眼見得這人也結連梁山泊，通同造意，謀叛為黨。若不祛除，必為後患。”知府道：“便把這兩個問成了招狀，立了文案，押去市曹斬首，然後寫表申朝。”黃文炳道：“相公高見極明。似此，一者朝廷見喜，知道相公幹這件大功；二乃卻是免得梁山泊草寇來劫牢。”知府道：“通判高見甚遠。下官自當動文書，親自保舉通判。”當日管待了黃文炳，送出府門，自回無為軍去了。

次日，蔡九知府升廳，便喚當案孔目來吩咐道："快教疊了文案，把這宋江、戴宗的供狀招款黏連了，一面寫下犯由牌，教來日押赴市曹斬首施行。自古謀逆之人，絕不待時。斬了宋江、戴宗，免致後患。"當案卻是黃孔目，本人與戴宗頗好，卻無緣便救他，只替他叫得苦。當日稟道："明日是個國家忌日，後日又是七月十五日中元之節，皆不可行刑。大後日亦是國家景命。直待五日後，方可施行。"一者天幸救濟宋江，二乃梁山泊好漢未至。蔡九知府聽罷，依准黃孔目之言，直待第六日早晨，先差人去十字路口打掃了法場。飯後，點起土兵和刀仗劊子，約有五百餘人，都在大牢門前伺候。巳牌以後，獄官稟了，知府親自來做監斬官。黃孔目只得把犯由牌呈堂，當廳判了兩個斬字，便將片蘆蓆貼起來。江州府眾多節級牢子，雖是和戴宗、宋江過得好，卻沒做道理救得他。眾人只替他兩個叫苦。當時打扮已了，就大牢裏把宋江、戴宗兩個匾紮起，又將膠水刷了頭髮，綰個鵝梨角兒，各插上一朵紅綾子紙花。驅至青面聖者神案前，各與了一碗長休飯、永別酒。吃罷，辭了神案，漏轉身來，搭上利子[8]。六七十個獄卒，早把宋江在前，戴宗在後，推擁出牢門前來。宋江和戴宗兩個，面面廝覷，各作聲不得。宋江只把腳來跌。戴宗低了頭，只歎氣。江州府看的人，真乃壓肩疊背，何止一二千人。

劊子叫起惡殺都來，將宋江和戴宗前推後擁，押到市曹十字路口，團團槍棒圍住。把宋江面南背北，將戴宗面北背南。兩個納坐下，只等午時三刻監斬官到來開刀。那眾人仰面看那犯由牌，上寫道：

"江州府犯人一名宋江，故吟反詩，妄造妖言，結連梁山泊強寇，通同造反，律斬。犯人一名戴宗，與宋江暗遞私書，結勾梁山泊強寇，通同謀叛，律斬。監斬官江州府知府蔡某。"

那知府勒住馬，只等報來。只見法場東邊一夥弄蛇的丐者，強要挨入法場裏看，眾土兵趕打不退。正相鬧間，只見法場西邊一夥使槍棒賣藥的，也強挨將入來。土兵喝道："你那夥人好不曉事！這是哪裏，強挨入來要看？"那夥使槍棒的説道："你倒鳥村！我們衝州撞府，哪裏不曾去！到處看出人[9]。便是京師天子殺人，也放人看。你這小去處，砍得兩個人，鬧動了世界。我們便挨入來看一看，打甚麼鳥緊！"正和土兵鬧將起來。監斬官喝道："且趕退去，休放過來！"鬧猶未了，只見法場南邊一夥挑擔的腳夫，又要挨將入來。土兵喝道：“這裏出人，你擔哪裏去？”那夥人説道：“我們是挑東西送知府相公去的，你們如何敢阻擋我？”土兵道：“便是相公衙裏人，也只得去別處過一過。”那夥人就歇了擔子，都掣了扁擔，立在人叢裏看。只見法場北邊一夥客商，推兩輛車子過來，定要挨入法場上來。土兵喝道：“你那夥人哪裏去？”客人應道：“我們要趕路程，可放我等過去。”土兵道：“這裏出人，如何肯放你？你要趕路程，從別路過去。”那夥客人笑道：“你倒説得好。俺們便是京師來的人，不認得你這裏鳥路，哪裏過去？我們只是從這大路走。”土兵哪裏肯放。那夥客人齊齊地挨定了不動。四下裏吵鬧不住。這蔡九知府也禁治不得，又見那夥客人都盤在車子上，立定了看。

沒多時，法場中間，人分開處，一個報，報道一聲：“午時三刻。”監斬官便道：“斬訖報來！”兩勢下刀棒劊子便去開枷。行刑之人執定法刀在手。説時遲，一個個要見分明；那時快，看人人一齊發作。只見那夥客人在車子上聽得斬訖，數內一個客人，便向懷中取出一面小鑼兒，立在車子上，當當地敲得兩三聲。四下裏一齊動手。……又見十字路口茶坊樓上，一個虎形黑大漢，脱得赤條條的，兩隻手握兩把板斧，大吼一聲，卻似半天起個霹靂，從半空中跳將下來。手起斧落，早砍翻了兩個行刑的劊子，便望監斬官馬前砍將來。眾土兵急待把槍去搠時，哪裏攔當得住。眾人且簇擁蔡九知府，逃命去了。

只見東邊那夥弄蛇的丐者，身邊都掣出尖刀，看着土兵便殺。西邊那夥使槍棒的，大發喊聲，只顧亂殺將來，一派殺倒土兵獄卒。南邊那夥挑擔的腳夫，掄起扁擔，橫七豎八，都打翻了土兵和那看的人。北邊那夥客人，都跳下車來，推過車子，攔住了人，兩個客商鑽將入來，一個背了宋江，一個背了戴宗。其餘的人，也有取出弓弩來射的，也有取出石子來打的，也有取出標槍來標的。原來扮客商的這夥，便是晁蓋、花榮、黃信、呂方、郭盛。那夥扮使槍棒的，便是燕順、劉唐、杜遷、宋萬。扮挑擔的，便是朱貴、王矮虎、鄭天壽、石勇。那夥扮丐者的，便是阮小二、阮小五、阮小七、白勝。這一行，梁山泊共是十七個頭領到來，帶領小嘍囉一百餘人，四下裏殺將起來。

只見那人叢裏那個黑大漢，掄兩把板斧，一味地砍將來。晁蓋等卻不認得，只見他第一個出力，殺人最多。晁蓋猛省起來："戴宗曾說，一個黑旋風李逵，和宋三郎最好，是個莽撞之人。"晁蓋便叫道："前面那好漢，莫不是黑旋風？”那漢哪裏肯應，火雜雜地掄着大斧，只顧砍人。晁蓋便教背宋江、戴宗的兩個小嘍囉，只顧跟着那黑大漢走。當下去十字街口，不問軍官百姓，殺得屍橫遍野，血流成渠。推倒攧翻的，不計其數。眾頭領撇了車輛擔仗，一行人盡跟了黑大漢，直殺出城來。背後花榮、黃信、呂方、郭盛，四張弓箭，飛蝗般望後射來。那江州軍民百姓，誰敢近前。這黑大漢直殺到江邊來，身上血濺滿身，兀自在江邊殺人。百姓撞着的，都被他翻筋斗，都砍下江裏去。晁蓋便挺朴刀叫道：“不干百姓事，休只管傷人！”那漢哪裏來聽叫喚，一斧一個，排頭兒砍將去。

約莫離城沿江上也走了五七里路。前面望見盡是滔滔一派大江，卻無了旱路。晁蓋看見，只叫得苦。那黑大漢方才叫道：“不要慌！且把哥哥背來廟裏。”眾人都到來看時，靠江一所大廟，兩扇門緊緊地閉着。黑大漢兩斧砍開，便搶入來。晁蓋眾人看時，兩邊都是老檜蒼松，林木遮映，前面牌額上，四個金書大字，寫道“白龍神廟”。小嘍囉把宋江、戴宗背到廟裏歇下，宋江方才敢開眼。見了晁蓋等眾人，哭道：“哥哥！莫不是夢中相會？”晁蓋便勸道：“恩兄不肯在山，致有今日之苦。這個出力殺人的黑大漢是誰？”宋江道：“這個便是叫作黑旋風李逵。

他幾番就要大牢裏放了我，卻是我怕走不脱，不肯依他。”晁蓋道：“卻是難得這個人！出力最多，又不怕刀斧箭矢！”花榮便叫：“且將衣服與俺二位兄長穿了。”

正相聚間，只見李逵提着雙斧，從廊下走出來。宋江便叫住道：“兄弟哪裏去？”李逵應道：“尋那廟祝[10]，一發殺了！叵耐那廝不來接我們，倒把鳥廟門關上了！我指望拿他來祭門，卻尋那廝不見。”宋江道：“你且來，先和我哥哥頭領相見。”李逵聽了，丟下雙斧，望着晁蓋跪了一跪，説道：“大哥，休怪鐵牛粗魯。”與眾人都相見了，卻認得朱貴是同鄉人，兩個大家歡喜。花榮便道：“哥哥，你教眾人只顧跟着李大哥走，如今來到這裏，前面又是大江攔截住，斷頭路了，卻又沒一隻雙船接應。倘或城中官軍趕殺出來，卻怎生迎敵，將何接濟？”李逵便道：“也不消得叫怎地好。我與你們再殺入城去，和那個鳥蔡九知府一發都砍了便走。”戴宗此時方才甦醒，便叫道：“兄弟，使不得莽性！城裏有五七千軍馬，若殺入去，必然有失。”阮小七便道：“遠望隔江那裏有數隻船在岸邊，我弟兄三個赴水過去，奪那幾隻船過來載眾人，如何？”晁蓋道：“此計是最上着。”

當時阮家三弟兄都脱剝了衣服，各人插把尖刀，便鑽入水裏去。約莫赶開得半里之際，只見江面上溜頭流下三隻棹船，吹風唿哨飛也似搖將來。眾人看時，見那船上各有十數個人，都手裏拿着軍器。眾人卻慌將起來。宋江聽得說了，便道："我命裏這般合苦也！"奔出廟前看時，只見當頭那隻船上，坐着一條大漢，倒提一把明晃晃五股叉，頭上挽個穿心紅一點鬌兒，下面拽起條白絹水裩，口裏吹着唿哨。宋江看時，不是別人，正是張順。宋江挺身出廟前，叫道："兄弟救我！"張順等見是宋江眾人，大叫道："好了！"那三隻棹船，飛也似搖攏到岸邊。三阮看見，也赶來。一行眾人都上岸來到廟前。

宋江看時，張順自引十數個壯漢在那隻頭船上。張橫引着穆弘、穆春、薛永，帶十數個莊客在一隻船上。第三隻船上，李俊引着李立、童威、童猛，也帶十數個賣鹽火家，都各執槍棒上岸來。張順見了宋江，喜從天降。眾人便拜道："自從哥哥吃官司，兄弟坐立不安，又無路可救。近日又聽得拿了戴院長，李大哥又不見面，我只得去尋了我哥哥，引到穆弘太公莊上，叫了許多相識。今日我們正要殺入江州，要劫牢救哥哥。不想仁兄已有好漢們救出，來到這裏。不敢拜問，這夥豪傑莫非是梁山泊義士晁天王麼？"宋江指着上首立的道："這個便是晁蓋哥哥。你等眾位，都來廟裏敍禮則個。"張順等九人，晁蓋等十七人，宋江、戴宗、李逵，共是二十九人，都入白龍廟聚會。這個喚作"白龍廟小聚會"。

注　釋

1　甲馬 —— 神佛符咒畫紙。
2　一上 —— 即一下、一會功夫。
3　太保 —— 這裏指廟裏的工人。
4　則個 —— 加重語氣的語尾。
5　書丹 —— 在碑上寫上待刻的文字。
6　陰陽人 —— 以卜課、打卦、看風水為職業的人。
7　脱卯 —— 脱節、漏洞。
8　利子 —— 過去處死刑的人遊街示眾時坐的木驢子。
9　出人 —— 殺人。
10　廟祝 —— 寺廟裏的工人，也叫香伙。

第十二回

李應兩修生死書
宋江一打祝家莊

梁山好漢劫法場之後，為替宋江報仇，復又攻下無為軍，活捉並殺了黃文炳。至此，宋江才隨眾人上了梁山，被推坐了第二把交椅。其後，戴宗去薊州尋訪回鄉省親的公孫勝，途中又結識了楊林、鄧飛、孟康及人稱“拚命三郎”的石秀等好漢。除石秀暫留在義兄、蘇州兩院押獄楊雄處之外，其他三人便一起隨戴宗上山聚義。後來，楊雄、石秀殺了與人私通的楊妻之後出走，又遇上被楊雄救過的時遷，遂一齊去投奔梁山，途經祝家店時，時遷因偷吃店內報曉公雞被捉。楊雄、石秀欲往梁山泊求救，卻先撞着楊雄的一個熟人杜興。

話說當時楊雄扶起那人來，叫與石秀相見。石秀便問道：“這位兄長是誰？”楊雄道：“這個兄弟姓杜名興，祖貫是中山府人氏。因為他面顏生得粗莽，以此人都喚他作鬼臉兒。上年間做買賣來到薊州，因一口氣上打死了同夥的客人，吃官司監在薊州府裏。楊雄見他說起拳棒都省得，一力維持，救了他，不想今日在此相會。”杜興便問道：“恩人為何公幹來到這裏？”楊雄附耳低言道：“我在薊州殺了人命，欲要投梁山泊去入夥。昨晚在祝家店投宿，因同一個來的夥伴時遷偷了他店裏報曉雞吃，一時與店小二鬧將起來，性起，把他店屋放火都燒了。我三個連夜逃走，不提防背後趕來。我弟兄兩個殺翻了他幾個，不想亂草中間舒出兩把撓鈎，把時遷搭了去。我兩個亂撞到此，正要問路，不想遇見賢弟。”杜興道：“恩人不要慌，我教放時遷還你。”楊雄道：“賢弟少坐，同飲一杯。”三人坐下，當時飲酒。杜興便道：“小弟自從離了薊州，多得恩人的恩惠，來到這裏。感承此間一個大官人見愛，收錄小弟在家中做個主管。每日撥萬論千，盡託付杜興身上，以此不想回鄉去。”楊雄道：“此間大官人是誰？”杜興道：“此間獨龍岡前面有三座山岡，列着三個村坊：中間是祝家莊，西邊是扈家莊，東邊是李家莊。這三處莊上，三村裏算來總有一二萬軍馬人等。惟有祝家莊最豪傑，為頭家長喚作祝朝奉[1]，有三個兒子，名為祝氏三傑：長子祝龍，次子祝虎，三子祝彪。又有一個教師，喚作鐵棒欒廷玉，此人有萬夫不當之勇。莊上自有一二千了得的莊客。西邊有個扈家莊，莊主扈太公，有個兒子喚作飛天虎扈成，也十分了得。惟有一個女兒最英雄，名喚一丈青扈三娘，使兩口日月雙刀，馬上如法了得。這裏東村莊上，卻是杜興的主人，姓李名應，能使一條渾鐵點鋼槍，背藏飛刀五口，百步取人，神出鬼沒。這三村結下生死誓願，同心共意，但有吉凶，遞相救應。惟恐梁山泊好漢過來借糧，因此三村準備下抵敵他。如今小弟引二位到莊上見了李大官人，求書去搭救時遷。"楊雄又問道："你那李大官人，莫不是江湖上喚撲天鵰的李應？"杜興道："正是他。"石秀道："江湖上只聽得説獨龍岡有個撲天鵰李應是好漢，卻原來在這裏。多聞他真個了得，是好男子，我們去走一遭。"楊雄便喚酒保計算酒錢。杜興哪裏肯要他還，便自招了酒錢。三個離了村店，便引楊雄、石秀來到李家莊上。楊雄看時，真個好大莊院。外面周回一遭闊港，粉牆傍岸，有數百株合抱不交的大柳樹，門外一座吊橋，接着莊門。入得門來到廳前，兩邊有二十餘座槍架，明晃晃的都插滿軍器。杜興道："兩位哥哥在此少等，待小弟入去報知，請大官人出來相見。"杜興入去不多時，只見李應從裏面出來。杜興引楊雄、石秀上廳拜見。李應連忙答禮，便教上廳請坐。楊雄、石秀再三謙讓，方才坐了。李應便叫取酒來且相待。楊雄、石秀兩個再拜道："望乞大官人致書與祝家莊，求救時遷性命，生死不敢有忘。"李應教請門館先生來商議，修了一封書緘，填寫名諱，使個圖書印記，便差一個副主管賚了，備一匹快馬，星火去祝家莊取這個人來。那副主管領了東人書札，上馬去了。楊雄、石秀拜謝罷，李應道："二位壯士放心，小人書去，便當放來。"楊雄、石秀又謝了。李應道："且請去後堂，少敍三杯等待。"兩個隨進裏面，就具早膳相待。飯罷，吃了茶。李應問些槍法，見楊雄、石秀說得有理，心中甚喜。

巳牌時分，那個副主管回來。李應喚到後堂問道："去取的這人在哪裏？"主管答道："小人親見朝奉下了書，倒有放還之心。後來走出祝氏三傑，反焦躁起來，書也不回，人也不放，定要解上州去。"李應失驚道："他和我三家村裏，結生死之交，書到便當依允。如何恁地起來？必是你說得不好，以致如此！杜興，你須自去走一遭，親見祝朝奉，説個仔細緣由。”杜興道：“小人願去。只求東人親筆書緘，到那裏方才肯放。”李應道：“説得是。”急取一幅花箋紙來，李應親自寫了書札，封皮面上使一個諱字圖書，把與杜興接了。後槽牽過一匹快馬，備上鞍轡，拿了鞭子，便出莊門，上馬加鞭，奔祝家莊去了。李應道：“二位放心。我這封親筆書去，少刻定當放還兄弟相見。”楊雄、石秀深謝了。留在後堂，飲酒等待。看看天色待晚，不見杜興回來。李應心中疑惑，再教人去接。只見莊客報道：“杜主管回來了。”李應問道：“幾個人回來？”莊客道：“只是主管獨自一個跑馬回來。”李應搖着頭道：“卻又作怪！往常這廝不是這等兜搭[2]，今日緣何恁地？”楊雄、石秀都跟出前廳來看時，只見杜興下了馬，入得莊門。見他模樣，氣得紫漲了面皮，半晌説不得話。李應出到前廳，連忙問道：“你且説備細緣故，怎麼地來？”杜興道：“小人賫了東人書呈，到他那裏第三重門下，卻好遇見祝龍、祝虎、祝彪弟兄三個坐在那裏。小人聲了三個喏。祝彪喝道：‘你又來做甚麼？’小人躬身稟道：‘東人有書在此拜上’。祝彪那廝變了臉，罵道：‘你那主人恁地不曉人事！早晌使個潑男女來這裏下書，要討那個梁山泊賊人時遷。如今我正要解上州裏去，又來怎地？’小人說道：‘這個時遷不是梁山泊人數。他自是薊州來的客人，今投敝莊東人。不想誤燒了官人店屋，明日東人自當依舊蓋還。萬望高抬貴手，寬恕，寬恕！’祝家三個都叫道：‘不還，不還！’小人又道：‘官人請看，東人書札在此。’祝彪那廝接過書去，也不拆開來看，就手扯得粉碎，喝叫把小人直叉出莊門。祝彪、祝虎發話道：‘休要惹老爺們性發，把你那李應捉來，也做梁山泊強寇解了去。’小人本不敢盡言，實被那三個畜生無禮，把東人百般穢罵。便喝叫莊客來拿小人，被小人飛馬走了。於路上氣死小人！叵耐那廝，枉與他許多年結生死之交，今日全無些仁義！”

那李應聽罷，怒從心上起，惡向膽邊生。心頭那把無明業火高舉三千丈，按捺不下。大呼莊客：“快備我那馬來！”楊雄、石秀諫道：“大官人息怒。休為小人們壞了貴處義氣。”李應哪裏肯聽，便去房中披上一副黃金鎖子甲，前後獸面掩心，穿一領大紅袍，背胯邊插着飛刀五把，拿了點鋼槍，戴上鳳翅盔，出到莊前，點起三百悍勇莊客。杜興也披一副甲，持把槍上馬，帶領二十餘騎馬軍。楊雄、石秀也抓紮起，挺着朴刀，跟着李應的馬，徑奔祝家莊來。日漸銜山時分，早到獨龍岡前，但將人馬排開。原來祝家莊又蓋得好，佔着這座獨龍山岡，四下一遭闊港。那莊正造在岡上，有三層城牆，都是頑石壘砌的，約高二丈。前後兩座莊門，兩條吊橋。牆裏四邊，都蓋窩鋪[3]。四下裏遍插着槍刀軍器。門樓上排着戰鼓銅鑼。李應勒馬在莊前大罵："祝家三子，怎敢毀謗老爺！"只見莊門開處，擁出五六十騎馬來。當先一騎似火炭赤的馬上，坐着祝朝奉第三子祝彪出馬。

當下李應見了祝彪，指着大罵道："你這廝口邊奶腥未退，頭上胎髮猶存。你爺與我結生死之交，誓願同心共意，保護村坊。你家但有事情要取人時，早來早放，要取物件，無有不奉。我今一個平人，二次修書來討，你如何扯了我的書札，恥辱我名，是何道理？"祝彪道："俺家雖和你結生死之交，誓願同心協意，共捉梁山泊反賊，掃清山寨。你如何卻結連反賊，意在謀叛？"李應喝道："你說他是梁山泊甚人？你這廝卻冤平人做賊，當得何罪！"祝彪道："賊人時遷已自招了，你休要在這裏胡說亂道，遮掩不過！你去便去，不去時，連你捉了也做賊人解送。"李應大怒，拍座下馬，挺手中槍，便奔祝彪。兩邊擂起鼓來。祝彪縱馬去戰李應。兩個就獨龍岡前，一來一往，一上一下，鬥了十七八合。祝彪戰李應不過，撥回馬便走。李應縱馬趕將去。祝彪把槍橫擔在馬上，左手拈弓，右手取箭，搭上箭，拽滿弓，覷得較親，背翻身一箭。李應急躲時，臂上早着。李應翻筋斗墜下馬來。祝彪便勒轉馬來搶人。楊雄、石秀見了，大喝一聲，撚兩條朴刀，直奔祝彪馬前殺將來。祝彪抵擋不住，急勒回馬便走，早被楊雄一朴刀戳在馬後股上。那馬負疼，壁直立起來，險些兒把祝彪掀在馬下，卻得隨從馬上的人都搭上箭射將來。楊雄、石秀見了，自思又無衣甲遮身，只得退回不趕。杜興也自把李應救起，上馬先去了。楊雄、石秀跟了眾莊客也走了。祝家莊人馬趕了二三里路，見天色晚來，也自回去了。

杜興扶着李應，回到莊前，下了馬，同入後堂坐。眾宅眷都出來看視。拔了箭矢，伏侍卸了衣甲，便把金瘡藥敷了瘡口。連夜在後堂商議。楊雄、石秀説道："既是大官人被那廝無禮，又中了箭，非不效力。時遷亦不能勾出來。我弟兄兩個，只得上梁山泊去懇告晁、宋二公並眾頭領，來與大官人報仇，就救時遷。"李應道："非是我不用心，實出無奈。兩位壯士，只得休怪！"叫杜興取些金銀相贈。楊雄、石秀哪裏肯受。李應道："江湖之上，二位不必推卻。"兩個方才收受，拜辭了李應。杜興送出村口，指與大路。杜興作別了，自回李家莊。不在話下。

且說楊雄、石秀取路投梁山泊來，早望見遠遠一處新造的酒店，那酒旗兒直挑出來。兩個入到店裏買些酒吃，就問路程。這酒店卻是梁山泊新添設作眼的酒店，正是石勇掌管。兩個一面吃酒，一頭動問酒保上梁山泊路程。石勇見他兩個非常，便來答應道："你這兩位客人從哪裏來？要問上山去怎地？"楊雄道："我們從薊州來。"石勇猛可想起道："莫非足下是石秀麼？"楊雄道："我乃是楊雄。這個兄弟是石秀。大哥如何得知石秀名？"石勇慌忙道："小子不認得。前者戴宗哥哥到薊州回來，多曾稱說兄長，聞名久矣。今得上山，且喜，且喜！"三個敍禮罷，楊雄、石秀把上件事都對石勇說了。石勇隨即叫酒保置辦分例酒來相待，推開後面水亭上窗子，拽起弓，放了一枝響箭。只見對港蘆葦叢中，早有小嘍囉搖過船來。石勇便邀二位上船，直送到鴨嘴灘上岸。石勇已自先使人上山去報知，早見戴宗、楊林下山來迎接。俱各敍禮罷，一同上至大寨裏。

眾頭領知道有好漢上山，都來聚會，大寨坐下。戴宗、楊林引楊雄、石秀上廳參見晁蓋、宋江並眾頭領。相見已罷，晁蓋細問兩個蹤跡。楊雄、石秀把本身武藝、投託入夥先說了。眾人大喜，讓位而坐。楊雄漸漸說到：“有個來投託大寨同入夥的時遷，不合偷了祝家店裏報曉雞，一時爭鬧起來，石秀放火燒了他店屋，時遷被捉。李應二次修書去討，怎當祝家三子堅執不放，誓願要捉山寨裏好漢。且又千般辱罵。叵耐那廝十分無禮！”不說萬事皆休，才然說罷，晁蓋大怒，喝叫：“孩兒們！將這兩個與我斬訖報來！”宋江慌忙勸道：“哥哥息怒！兩個壯士不遠千里而來，同心協助，如何卻要斬他？”晁蓋道：“俺梁山泊好漢，自從火併王倫之後，便以忠義為主，全施仁德於民。一個個兄弟下山去，不曾折了銳氣。新舊上山的兄弟們，各各都有豪傑的光彩。這廝兩個把梁山泊好漢的名目去偷雞吃，因此連累我等受辱。今日先斬了這兩個，將這廝首級去那裏號令，便起軍馬去，就洗盪了那個村坊，不要輸了銳氣。如何？孩兒們，快斬了報來！”宋江勸住道：“不然！哥哥不聽這兩位賢弟卻才所說，那個鼓上蚤時遷，他原是此等人，以致惹起祝家那廝來，豈是這二位賢弟要玷辱山寨。我也每每聽得有人說，祝家莊那廝要和俺山寨敵對。即目山寨人馬數多，錢糧缺少。非是我等要去尋他，那廝倒來吹毛求疵，因而正好乘勢去拿那廝。若打得此莊，倒有三五年糧食。非是我們生事害他，其實那廝無禮。哥哥權且息怒，小可不才，親領一支軍馬，啟請幾位賢弟們下山去打祝家莊。若不洗盪得那個村坊，誓不還山。一是與山寨報仇，不折了銳氣；二乃免此小輩，被他恥辱；三則得許多糧食，以供山寨之用；四者就請李應上山入夥。”吳學究道：“兄長之言最好。豈可山寨自斬手足之人？”戴宗便道：“寧可斬了小弟，不可絕了賢路。”眾頭領力勸，晁蓋方才免了二人。楊雄、石秀也自謝罪。宋江撫論道：“賢弟休生異心！此是山寨號令，不得不如此。便是宋江，倘有過失，也須斬首，不敢容情。如今新近又立了鐵面孔目裴宣做軍政司，賞功罰罪，已有定例。賢弟只得恕罪，恕罪。”楊雄、石秀拜罷，謝罪已了，晁蓋叫去坐於楊林之下。山寨裏都喚小嘍囉來參賀新頭領已畢，一面殺牛宰馬，且做慶喜筵席。撥定兩所房屋，教楊雄、石秀安歇，每人撥十個小嘍囉伏侍。

當晚席散。次日，再備筵席，會眾商量議事。宋江教喚鐵面孔目裴宣計較下山人數，啟請諸位頭領，同宋江去打祝家莊，定要洗盪了那個村坊。商量已定，除晁蓋頭領鎮守山寨不動外，留下吳學究、劉唐並阮家三弟兄、呂方、郭盛護持大寨。原撥定守灘、守關、守店有職事人員，俱各不動。又撥新到頭領孟康管造船隻，頂替馬麟監督戰船。寫下告示，將下山打祝家莊頭領分作兩起：頭一撥宋江、花榮、李俊、穆弘、李逵、楊雄、石秀、黃信、歐鵬、楊林，帶領三千小嘍囉、三百馬軍，披掛已了，下山前進；第二撥便是林冲、秦明、戴宗、張橫、張順、馬麟、鄧飛、王矮虎、白勝，也帶領三千小嘍囉、三百馬軍，隨後接應。再着金沙灘、鴨嘴灘二處小寨，只教宋萬、鄭天壽守把，就行接應糧草。晁蓋送路已了，自回山寨。

且說宋江並眾頭領徑奔祝家莊來，於路無話，早來到獨龍山前。尚有一里多路，前軍下了寨柵。宋江在中軍帳裏坐下，便和花榮商議道："我聽得說，祝家莊裏路徑甚雜，未可進兵。且先使兩個入去探聽路途曲折，然後進去。知得順逆路程，卻才進去與他敵對。"李逵便道："哥哥，兄弟閒了多時，不曾殺得一個人，我便先去走一遭。"宋江道："兄弟，你去不得。若破陣衝敵，用着你先去。這是做細作[4]的勾當，用你不着。"李逵笑道："量這個鳥莊，何須哥哥費力！只兄弟自帶了三二百個孩兒們殺將去，把這個鳥莊上人都砍了，何須要人先去打聽！"宋江喝道："你這廝休胡說！且一壁廂去，叫你便來。"李逵走開去了，自說道："打死幾個蒼蠅，也何須大驚小怪！"宋江便喚石秀來，說道："兄弟曾到彼處，可和楊林走一遭。”石秀便道：“如今哥哥許多人馬到這裏，他莊上如何不提備？我們扮作甚麼樣人入去好？”楊林便道：“我自打扮了解魘的法師[5]去，身邊藏了短刀，手裏擎着法環，於路搖將入去。你只聽我法環響，不要離了我前後。”石秀道：“我在薊州，原曾賣柴。我只是挑一擔柴進去賣便了。身邊藏了暗器。有些緩急，扁擔也用得着。”楊林道：“好，好！我和你計較了，今夜打點，五更起來便行。”宋江聽了，心中也喜。

且說石秀挑着柴先入去。行不到二十來里，只見路徑曲折多雜，四下裏彎環相似；樹木叢密，難認路頭。石秀便歇下柴擔不走。聽得背後法環響得漸近，石秀看時，卻見楊林頭戴一個破笠子，身穿一領舊法衣，手裏擎着法環，於路搖將進來。石秀見沒人，叫住楊林說道：“看見路徑彎雜難認，不知哪裏是我前日跟隨李應來時的路。天色已晚，他們眾人都是熟路，正看不仔細。”楊林道：“不要管他路徑曲直，只顧揀大路走便了。”石秀又挑了柴，只顧望大路先走，見前面一村人家，數處酒店肉店。石秀挑着柴，便望酒店門前歇了。只見店內把朴刀、槍又插在門前，每人身上穿一領黃背心，寫個大“祝”字。往來的人，亦各如此。石秀見了，便看着一個年老的人，唱個喏，拜揖道：“丈人，請問此間是何風俗？為甚都把刀槍插在當門？”那老人道：“你是哪裏來的客人？原來不知，只可快走。”石秀道：“小人是山東販棗子的客人，消折了本錢，回鄉不得，因此擔柴來這裏賣。不知此間鄉俗地理。”老人道：“客人，只可快走，別處躲避。這裏早晚要大厮殺也！”石秀道：“此間這等好村坊去處，怎地了大厮殺？”老人道：“客人，你敢真個不知？我說與你：俺這裏喚作祝家村，村岡上便是祝朝奉衙裏。如今惡了梁山泊好漢，見今引領軍馬，在村口要來厮殺。卻怕我這村裏路雜，未敢入來，見今駐紮在外面。如今祝家莊上行號令下來，每戶人家，要我們精壯後生準備着。但有令傳來，便要去策應。”石秀道：“丈人村中總有多少人家？”老人道：“只我這祝家村，也有一二萬人家。東西還有兩村人接應：東村喚作撲天鵰李應李大官人；西村喚扈太公莊，有個女兒，喚作‘扈三娘’，綽號一丈青，十分了得。”石秀道：“似此如何卻怕梁山泊做甚麼！”那老人道：“若是我們初來時，不知路的，也要吃捉了。”石秀道：“丈人，怎地初來要吃捉了？”老人道：“我這村裏的路，有首詩說道：‘好個祝家莊，盡是盤陀路[6]：容易入得來，只是出不去。’”石秀聽罷，便哭起來，撲翻身便拜；向那老人道："小人是個江湖上折了本錢歸鄉不得的人，倘或賣了柴出去，撞見廝殺走不脱，卻不是苦？爺爺，怎地可憐見！小人情願把這擔柴相送爺爺，只指與小人出去的路罷。"那老人道："我如何白要你的柴？我就買你的。你且入來，請你吃些酒飯。"石秀拜謝了，挑着柴，跟那老人入到屋裏。那老人篩下兩碗白酒，盛一碗糕糜，叫石秀吃了。石秀再拜謝道："爺爺，指教出去的路徑。"那老人道："你便從村裏走去，只看有白楊樹便可轉彎。不問路道闊狹，但有白楊樹的轉彎便是活路，沒那樹時都是死路。如有別的樹木轉彎，也不是活路。若還走差了，左來右去，只走不出去。更兼死路裏，地下埋藏着竹籤、鐵蒺藜[7]。若是走差了，踏着飛籤，準定吃捉了。待走哪裏去？"石秀拜謝了，便問："爺爺高姓？"那老人道："這村裏姓祝的最多；惟有我複姓鍾離，土居在此。"石秀道："酒飯小人都吃夠了，即當厚報。"

正說之間，只聽得外面吵鬧。石秀聽得道"拿了一個細作"。石秀吃了一驚，跟那老人出來看時，只見七八十個軍人背綁着一個人過來。石秀看時，卻是楊林，剝得赤條條的，索子綁着。石秀看了，只暗暗地叫苦，悄悄假問老人道："這個拿了的是甚麼人？為甚事綁了他？"那老人道："你不見説他是宋江那裏來的細作？"石秀又問道："怎地吃他拿了？"那老人道："説這廝也好大膽，獨自一個來做細作，打扮作個解魘法師，閃入村裏來。卻又不認這路，只揀大路走了，左來右去，只走了死路。又不曉得白楊樹轉彎抹角的消息[8]。人見他走得差了，來路蹺蹊，報與莊上大官來捉他。這廝方才又掣出刀來，手起傷了四五個人。擋不住這裏人多，一發上去，因此吃拿了。有人認得他，從來是賊，叫作錦豹子楊林。"説言未了，只聽得前面喝道，説是莊上三官人巡綽過來。石秀在壁縫裏張望時，看見前面擺着二十對纓槍，後面四五個人騎戰馬，都彎弓插箭。又有三五對青白哨馬，中間擁着一個年少的壯士，坐在一匹雪白馬上，全副披掛了弓箭，手執一條銀槍。石秀自認得他，特地問老人道："過去相公是誰？"那老人道："這官人正是祝朝奉第三子，喚作祝彪，定着西村扈家莊一丈青為妻。弟兄三個，只有他第一了得。"石秀拜謝道："老爺爺，指點尋路出去。"那老人道："今日晚了，前面倘或廝殺，枉送了你性命。"石秀道："爺爺，可救一命則個！"那老人道："你且在我家歇一夜。明日打聽得沒事，便可出去。"石秀拜謝了，坐在他家。只聽得門前四五替報馬報將來，排門吩咐道：

“你那百姓，今夜只看紅燈為號，齊心併力，捉拿梁山泊賊人解官請賞。”叫過去了。石秀問道：“這個人是誰？”那老人道：“這個官人是本處捕盜巡檢，今夜約會要捉宋江。”石秀見說，心中自忖了一回，討個火把，叫了安置，自去屋後草窩裏睡了。

卻說宋江軍馬在村口屯駐，不見楊林、石秀出來回報，隨後又使歐鵬去到村口，出來回報道：“聽得哪裏講動，說道捉了一個細作。小弟見路徑又雜，難認，不敢深入重地。”宋江聽罷，忿怒道：“如何等得回報了進兵！又吃拿了一個細作，必然陷了兩個兄弟。我們今夜只顧進兵殺將入去，也要救他兩個兄弟，未知你眾頭領意下如何？”只見李逵便道：“我先殺入去，看是如何！”宋江聽得，隨即便傳將令，教軍士都披掛了。李逵、楊雄前一隊做先鋒，使李俊等引軍做後合後，穆弘居左，黃信在右，宋江、花榮、歐鵬等中軍頭領，搖旗吶喊，擂鼓鳴鑼，大刀闊斧，殺奔祝家莊來。

比及殺到獨龍岡上，是黃昏時候。宋江催趲前軍打莊。先鋒李逵脫得赤條條的，揮兩把夾鋼板斧，火剌剌地殺向前來。到得莊前看時，已把吊橋高高地拽起了，莊門裏不見一點火，李逵便要下水過去。楊雄扯住道：“使不得。關閉莊門，必有計策。待哥哥來，別有商議。”李逵哪裏忍得住，拍着雙斧，隔岸大罵道：“那鳥祝太公老賊！你出來，黑旋風爺爺在這裏！”莊上只是不應。宋江中軍人馬到來。楊雄接着，報說莊上並不見人馬，亦無動靜。宋江勒馬看時，莊上不見刀槍人馬，心中疑忌，猛省道：“我的不是了。天書上明明誡說，‘臨敵休急暴。’是我一時見不到，只要救兩個兄弟，以此連夜進兵。不期深入重地，直到了他莊前，不見敵軍，他必有計策，快教三軍且退。”李逵叫道：“哥哥，軍馬到這裏了，休要退兵！我與你先殺過去，你都跟我來。”

說猶未了，莊上早知。只聽得祝家莊裏一個號炮，直飛起半天裏去。那獨龍岡上，千百把火把一齊點着。那門樓上弩箭如雨點般射將來。宋江道：“取舊路回軍。”只見後軍頭領李俊人馬先發起喊來，說道：“來的舊路都阻塞了，必有埋伏！”宋江教軍馬四下裏尋路走。李逵揮起雙斧，往來尋人廝殺，不見一個敵軍。只見獨龍岡上山頂，又放一個炮來。響聲未絕，四下裏喊聲震地。驚得宋公明目睜口呆，罔知所措。

當下宋江在馬上看時，四下裏都有埋伏軍馬，且教小嘍囉只往大路殺將去。只聽得五軍屯塞住了，眾人都叫苦起來。宋江問道："怎麼叫苦？"眾軍都道："前面都是盤陀路，走了一遭，又轉到這裏。"宋江道："教軍馬望火把亮處有房屋人家，取路出去。"又走不多時，只見前軍又發起喊來，叫道："才得望火把亮處取路，又有苦竹籤、鐵蒺藜，遍地撒滿，鹿角[9]都塞了路口！"宋江道："莫非天喪我也！"

正在慌急之際，只聽得左軍中間，穆弘隊裏鬧動。報來說道："石秀來了！"宋江看時，見石秀撚着口刀，奔到馬前道："哥哥休慌，兄弟已知路了。暗傳下將令，教五軍只看有白楊樹便轉彎走去，不要管他路闊路狹。"宋江催趲人馬，只看有白楊樹便轉。宋江去約走過五六里路，只見前面人馬越添得多了。宋江疑忌，便喚石秀問道："兄弟，怎麼前面賊兵眾廣？"石秀道："他有燭燈為號，且尋燭燈便走。"花榮在馬上看見，把手指與宋江道："哥哥，你看見那樹影裏這碗燭燈麼？只看我等投東，他便把那燭燈望東扯；若是我們投西，他便把那燭燈望西扯。只那些兒想來便是號令。"宋江道："怎地奈何得他那碗燈？"花榮道："有何難哉！"便拈弓搭箭，縱馬向前，望着影中只一箭，不端不正，恰好把那碗紅燈射將下來。四下裏埋伏軍兵，不見了那碗紅燈，便都自亂竄起來。宋江叫石秀引路，且殺出村口去。只聽得前面喊聲連天，一帶火把縱橫撩亂。宋江教前軍紮住，且使石秀領路去探。不多時，回來報道："是山寨中第二撥軍馬到了接應，殺散伏兵。"

宋江聽罷，進兵夾攻，奪路奔出村口併殺。祝家莊人馬四散去了。會合着林冲、秦明等眾人軍馬，同在村口駐紮。卻好天明，去高阜處下了寨柵，整點人馬，數內不見了鎮三山黃信。宋江大驚，詢問緣故。有昨夜跟去的軍人見的來説道："黃頭領聽着哥哥將令，前去探路，不提防蘆葦叢中舒出兩把撓鈎，拖翻馬腳，被五七個人活捉去了，救護不得。"宋江聽罷大怒，要殺隨行軍漢："如何不早報來？"林冲、花榮勸住宋江。眾人納悶道："莊又不曾打得，倒折了兩個兄弟。似此怎生奈何？"楊雄道："此間有三個村坊結併。所有東村李大官人，前日已被祝彪那廝射了一箭，見今在莊上養疾。哥哥何不去與他計議？"宋江道："我正忘了也。他便知本處地理虛實。"吩咐教取一對緞疋羊酒，選一騎好馬並鞍轡，親自上門去求見。林冲、秦明權守柵寨。

注　釋

1　朝奉 —— 原為唐朝官兵，宋代一般用作對紳豪的一種尊稱。

2　兜搭 —— 牽纏、不爽氣、拖拉的意思。

3　窩鋪 —— 臨時搭蓋用作防護、警備用的草棚。

4　細作 —— 間諜、暗探。

5　解魘的法師 —— 驅鬼辟邪的和尚或道士。

6　盤陀路 —— 螺旋形道路。

7　鐵蒺藜 —— 打仗時阻止敵人兵馬前進的障礙物之一種：打鐵鑄成尖刺的菱角形，用繩子連起來，一串一串拋撒在陣地上。

8　消息 —— 這裏指秘密、機關。

9　鹿角 —— 把帶枝樹木削尖，擺在營寨門前或交通路口作障礙物。

第十三回

三娘單擒王矮虎
宋江二打祝家莊

宋江帶同花榮、楊雄、石秀，上了馬，隨行三百馬軍，取路投李家莊來。到得莊前，早見門樓緊閉，吊橋高拽起了，牆裏擺着許多莊兵人馬。門樓上早擂起鼓來。宋江在馬上叫道："俺是梁山泊義士宋江，特來謁見大官人，別無他意，休要提備。"莊門上杜興看見有楊雄、石秀在彼，慌忙開了莊門，放隻小船過來，與宋江聲喏。宋江連忙下馬來答禮。楊雄、石秀近前稟道："這位兄弟便是引小弟兩個投李大官人的，喚作鬼臉兒杜興。"宋江道："原來是杜主管。相煩足下對李大官人説：俺梁山泊宋江久聞大官人大名，無緣不曾拜會。今因祝家莊要和俺們做對頭，經過此間，特獻綵緞名馬羊酒薄禮，只求一見，別無他意。”杜興領了言語，再渡過莊來，直到廳前。李應帶傷披被坐在牀上。杜興把宋江要求見的言語說了。李應道：“他是梁山泊造反的人，我如何與他厮見？無私有意。你可回他話道，只說我卧病在牀，動止不得，難以相見，改日却得拜會。禮物重蒙所賜，不敢祗受。”杜興再渡過來見宋江，稟道：“俺東人再三拜上頭領：本欲親身迎迓，奈緣中傷，患軀在牀，不能相見，容日專當拜會。重蒙所賜厚禮，並不敢祗受。”宋江道：“我和你東人的意了。我因打祝家莊失利，欲求相見則個。他恐祝家莊見怪，不肯出來相見。”杜興道：“非是如此，委實患病。小人雖是中山人氏，到此多年了，頗知此間虛實事情：中間是祝家莊，東是俺李家莊，西是扈家莊。這三村莊上誓願結生死之交，有事互相救應。今番惡了俺東人，自不去救應。只恐西村扈家莊上要來相助，他莊上別的不打緊，只有一個女將，喚作一丈青扈三娘，使兩口日月刀，好生了得。却是祝家莊第三子祝彪定為妻室，早晚要娶。若是將軍要打祝家莊時，不須提備東邊，只要緊防西路。祝家莊上前後有兩座莊門，一座在獨龍岡前，一座在獨龍岡後。若打前門，却不濟事；若是兩個夾攻，方可得破。前門打緊，路雜難認，一遭都是盤陀路徑，闊狹不等。但有白楊樹，便可轉彎，方是活路。如無此樹，便是死路。”石秀道：“他如今都把白楊樹木砍伐去了，將何為記？”杜興道：“雖然砍伐了樹，如何起得根盡？也須有樹根在彼。只宜白日進兵去攻打，黑夜不可進去。”

宋江聽罷，謝了杜興，一行人馬卻回寨裏來。林冲等接着，都到大寨裏坐下。宋江把李應不肯相見並杜興說的話對眾頭領說了。李逵便插口道：“好意送禮與他，那廝不肯出來迎接哥哥。我自引三百人去，打開鳥莊，腦揪這廝出來拜見哥哥！”宋江道：“兄弟，你不省得，他是富貴良民，懼怕官府，如何造次肯與我們相見？”李逵笑道：“那廝想是個小孩子，怕見。”眾人一齊都笑起來。宋江道：“雖然如此說了，兩個兄弟陷了，不知性命存亡。你眾兄弟可竭力向前，跟我再去攻打祝家莊。”眾人都起身說道：“哥哥將令，誰敢不聽。不知教誰前去？”黑旋風李逵說道：“你們怕小孩子，我便前去。”宋江道：“你做先鋒不利。今番用你不着。”李逵低了頭忍氣。宋江便點馬麟、鄧飛、歐鵬、王矮虎四個：“跟我親自做先鋒去。”第二點戴宗、秦明、楊雄、石秀、李俊、張橫、張順、白勝，準備下水路用人。第三點林冲、花榮、穆弘、李逵，分作兩路，策應眾軍。標撥已定，都飽食了，披掛上馬。

且說宋江親自要去做先鋒，攻打頭陣。前面打着一面大紅“帥”字旗，引着四個頭領，一百五十騎馬軍，一千步軍，直殺奔祝家莊來。於路着人探路，直來到獨龍岡前。宋江聽得後面人馬都到了，留下第二撥頭領攻打前門。宋江自引了前部人馬轉過獨龍岡後面來看祝家莊時，後面都是銅牆鐵壁，把得嚴整。正看之時，只見直西一彪軍隊，吶着喊，從後殺來。宋江留下馬麟、鄧飛把住祝家莊後門，自帶了歐鵬、王矮虎，分一半人馬，前來迎接。山坡下來軍約有二三十騎馬軍，當中簇擁着一員女將。是扈家莊女將一丈青扈三娘。一騎青鬃馬上，掄兩口日月雙刀，引着三五百莊客，前來祝家莊策應。宋江道：“剛說扈家莊有這個女將好生了得，想來正是此人。誰敢與她迎敵？”說猶未了，只見這王矮虎是個好色之徒，聽得說是個女將，指望一合便捉得過來，當時喊了一聲，驟馬向前，挺手中槍便出迎敵一丈青。兩軍吶喊。那扈三娘拍馬舞刀來戰王矮虎。一個雙刀的熟嫻，一個單槍的出眾。兩個鬥敵十數合之上，宋江在馬上看時，見王矮虎槍法架隔不住。原來王矮虎初見一丈青，恨不得便捉過來，誰想鬥過十合之上，看看的手顫腳麻，槍法便都亂了。不是兩個性命相撲時，王矮虎卻要做光[1]起來！那一丈青是個乖覺的人，心中道：“這廝無理！”便將兩把雙刀，直上直下，砍將入來。這王矮虎如何敵得過，撥回馬卻待要走。被一丈青縱馬趕上，把右手刀掛了，輕舒猿臂，將王矮虎提離雕鞍，活捉去了。眾莊客齊上，把王矮虎橫拖倒拽捉了去。

歐鵬見折了王英，便提起刀來救。一丈青縱馬跨刀，接着歐鵬，兩個便鬥。原來歐鵬祖是軍班子弟出身，使得好大滾刀。宋江看了，暗暗地喝彩。怎的一個歐鵬刀法精熟，也敵不得那女將半點便宜。鄧飛在遠遠處看見捉了王矮虎，歐鵬又戰那女將不下，跑着馬，提了鐵槍，大發喊趕將來。祝家莊上已看多時，誠恐一丈青有失，慌忙放下吊橋，開了莊門。祝龍親自引了三百餘人，驟馬提槍來捉宋江。馬麟看見，一騎馬使起雙刀，來迎住祝龍廝殺。鄧飛恐宋江有失，不離左右，看他兩邊廝殺，喊聲迭起。宋江見馬麟鬥祝龍不過，歐鵬鬥一丈青不下，正慌哩，只見一彪軍馬從刺斜裏殺將來。宋江看時，大喜。卻是霹靂火秦明，聽得莊後廝殺，前來救應。宋江大叫：“秦統制，你可替馬麟！”秦明是個急性的人，更兼祝家莊捉了他徒弟黃信，正沒好氣，拍馬飛起狼牙棍，便來直取祝龍。祝龍也挺槍來敵秦明。馬麟引了人卻奪王矮虎。那一丈青看見了馬麟來奪人，便撇下歐鵬，卻來接住馬麟廝殺。兩個都會使雙刀，馬上相迎着，正如這風飄玉屑，雪撒瓊花。宋江看得眼也花了。

這邊秦明和祝龍鬥到十合之上，祝龍如何敵得秦明過。莊門裏面那教師欒廷玉，帶了鐵錘，上馬挺槍，殺將出來。歐鵬便來迎住欒廷玉廝殺。欒廷玉也不來交馬，帶住槍時，刺斜裏便走。歐鵬趕將去，被欒廷玉一飛錘正打着，翻筋斗攧下馬去。鄧飛大叫："孩兒們救人！"上馬飛着鐵槍，徑奔欒廷玉。宋江急喚小嘍囉救得歐鵬上馬。那祝龍擋敵秦明不住，拍馬便走。欒廷玉也撇了鄧飛，卻來戰秦明。兩個鬥了一二十合，不分勝敗。欒廷玉賣個破綻，落荒即走。秦明舞棍徑趕將去。欒廷玉便望荒草之中跑馬入去。秦明不知是計，也追入去。原來祝家莊那等去處，都有人埋伏。見秦明馬到，拽起絆馬索來，連人和馬都絆翻了，發聲喊，捉住了秦明。鄧飛見秦明墜馬，慌忙來救，急見絆馬索拽，卻待回身，兩下裏叫聲："着！"撓鈎似亂麻一般搭來，就馬上活捉了去。宋江看見，只叫得苦。止救得歐鵬上馬。

馬麟撇了一丈青，急奔來保護宋江，望南而走。背後欒廷玉、祝龍、一丈青分投趕將來。看看沒路，正待受縛。只見正南上一夥好漢飛馬而來，背後隨從約有五百人馬。

宋江看時，乃是沒遮攔穆弘。東南上也有三百餘人，兩個好漢飛奔前來，一個是病關索楊雄，一個是拚命三郎石秀。東北上又一個好漢，一個是拚命三郎石秀。東北上又一個好漢，高聲大叫："留下人着！"宋江看時，乃是小李廣花榮。三路人馬一齊都到。宋江心下大喜，一發併力來戰欒廷玉、祝龍。莊上望見，恐怕兩個吃虧，且教祝虎守把住莊門，小郎君祝彪騎一匹劣馬，使一條長槍，自引五百餘人馬，從莊後殺將出來，一齊混戰。莊前李俊、張橫、張順下水過來，被莊上亂箭射來，不能下手。戴宗、白勝只在對岸吶喊。宋江見天色晚了，急叫馬麟先保護歐鵬出村口去。宋江又教小嘍囉篩鑼，聚攏眾好漢，且戰且走。宋江自拍馬到處尋了看，只恐弟兄們迷了路。

正行之間，只見一丈青飛馬回來。宋江措手不及，便拍馬望東而走。背後一丈青緊追着，八個馬蹄翻盞撒鈸相似，趕投深村處來。一丈青正趕上宋江，待要下手，只聽得山坡上有人大叫道："那鳥婆娘趕我哥哥哪裏去！"宋江看時，卻是黑旋風李逵，掄兩把板斧，引着七八十個小嘍囉，大踏步趕將來。一丈青便勒轉馬，望這樹林邊去。宋江也勒住馬看時，只見樹林邊轉出十數騎馬軍來，當先簇擁着一個壯士。那來軍正是豹子頭林冲，在馬上大喝道：“兀那婆娘走哪裏去？”一丈青飛刀縱馬，直奔林冲。林冲挺丈八蛇矛迎敵。兩個鬥不到十合，林冲賣個破綻，放一丈青兩口刀砍入來。林冲把蛇矛逼個住，兩口刀逼斜了，趕攏去，輕舒猿臂，款扭狼腰，把一丈青只一拽，活挾過馬來。宋江看見，喝聲彩，不知高低。林冲叫軍士綁了，驟馬來問道：“不曾傷犯了哥哥？”宋江道：“不曾傷着。”便叫李逵：“快走！村中接應眾好漢，且教來村口商議。天色已晚，不可戀戰。”黑旋風領本部人馬去了。林冲保護宋江，押着一丈青在馬上，取路出村口來。當晚眾頭領不得便宜，急急都趕出村口來。祝家莊人馬，也收回莊上去了。滿村中殺死的人，不計其數。祝龍教把捉到的人，都將來陷車囚了，一發拿了宋江，卻解上東京去請功。扈家莊已把王矮虎解送到祝家莊去了。

且說宋江收回大隊人馬，到村口下了寨柵。先教將一丈青過來，喚二十個老成的小嘍囉，着四個頭領，騎四匹快馬，把一丈青拴了雙手，也騎一匹馬。“連夜與我送上梁山泊去，交與我父親宋太公收管，便來回話。待我回山寨，自有發落。”眾頭領都只道宋江自要這個女子，盡皆小心送去。就把一輛車兒教歐鵬上山去將息。一行人都領了將令，連夜去了。宋江其夜在帳中納悶，一夜不睡，坐而待旦。

次日，只見探事人報來說：“軍師吳學究，引將三阮頭領，並呂方、郭盛，帶五百人馬到來！”宋江聽了，出寨迎接了軍師吳用，到中軍帳裏坐下。吳學究帶將酒食來與宋江把盞賀喜，一面犒賞三軍眾將。吳用道：“山寨裏晁頭領多聽得哥哥先次進兵不利，特地使將吳用並五個頭領來助戰。不知近日勝敗如何？”宋江道：“一言難盡！叵耐祝家那廝，他莊門上立兩面白旗，寫道：‘填平水泊擒晁蓋，踏破梁山捉宋江。’這廝無禮！先一遭進兵攻打，因為失其地利，折了楊林、黃信。夜來進兵，又被一丈青捉了王矮虎，欒廷玉錘打傷了歐鵬，絆馬索拖翻捉了秦明、鄧飛。如此失利，若不得林教頭恰活捉得一丈青時，折盡銳氣。今來似此，如之奈何？若是宋江打不得祝家莊破，救不出這幾個兄弟來，情願自死於此地，也無面目回去見得晁蓋哥哥。”吳學究笑道：“這個祝家莊也是合當天敗；卻好有此這個機會，吳用想來，唾手而得，事在旦夕可破。”宋江聽罷大驚，連忙問道：“軍師神機妙策，人不敢及。請問先生，這祝家莊如何旦夕可破？機會自何而來？”

……

當時吳學究對宋公明說道：“今日有個機會，卻是石勇面上一起來投入夥的人，又與欒廷玉那廝最好，亦是楊林、鄧飛的至愛相識。他知道哥哥打祝家莊不利，特獻這條計策來入夥，以為進身之報，隨後便至。五日之內可行此計，卻是好麼？”宋江聽了，大喜道：“妙哉！”方才笑逐顏開。

注　釋

1　做光 —— 指調情。

第十四回

吳用雙施連環計
宋江三打祝家莊

這石勇面上投來的人，共有八位：解珍、解寶兄弟，鄒淵、鄒潤叔姪，孫立、孫新兄弟，孫新妻顧大嫂，孫立妻弟樂和。經石勇介紹，與吳用見面之後，即投寨入夥，獻計助戰。一切安排停當，各人便依計而行。

話說當時軍師吳用啟煩戴宗道："賢弟可與我回山寨去取鐵面孔目裴宣、聖手書生蕭讓、通臂猿侯健、玉臂匠金大堅。可教此四人帶了如此行頭，連夜下山來，我自有用他處。"戴宗去了。

只見寨外軍士來報："西村扈家莊上扈成，牽牛擔酒，特來求見。”宋江叫請入來。扈成來到中軍帳前，再拜懇告道：“小妹一時粗魯，年幼不省人事，誤犯威顏。今者被擒，望乞將軍寬恕。奈緣小妹原許祝家莊上，小妹不合奪一時之勇，陷於縲紲[1]。如蒙將軍饒放，但用之物，當依命拜奉。”宋江道：“且請坐說話。祝家莊那廝好生無禮，平白欺負俺山寨，因此行兵報仇，須與你扈家無冤。只是令妹引人捉了我王矮虎，因此還禮，拿了令妹。你把王矮虎放回還我，我便把令妹還你。”扈成答道：“不期已被祝家莊拿了這個好漢去。”吳學究便道：“我這王矮虎今在何處？”扈成道：“如今擒鎖在祝家莊上，小人怎敢去取？”宋江道：“你不去取得王矮虎來還我，如何能勾得你令妹回去？”吳學究道：“兄長休如此說。只依小生一言，今後早晚祝家莊上但有些響亮，你的莊上切不可令人來救護。倘或祝家莊上有人投奔你處，你可就縛在彼。若是捉下得人時，那時送還令妹到貴莊。只是如今不在本寨，前日已使人送上山寨，奉養在宋太公處。你且放心回去，我這裏自有個道理。”扈成道：“今番斷然不敢去救應他。若是他莊上果有人來投我時，定縛來奉獻將軍麾下。”宋江道：“你若是如此，便強似送我金帛。”扈成拜謝了去。

且說孫立卻把旗號上改換作“登州兵馬提轄孫立”，領了一行人馬，都來到祝家莊後門前。莊上牆裏望見是登州旗號，報入莊裏去。欒廷玉聽得是登州孫提轄到來相望，說與祝氏三傑道：“這孫提轄是我弟兄，自幼與他同師學藝。今日不知如何到此？”帶了二十餘人馬，開了莊門，放下吊橋，出來迎接。孫立一行人都下了馬。眾人講禮已罷，欒廷玉問道：“賢弟在登州守把，如何到此？”孫立答道：“總兵府行下文書，對調我來此間鄆州守把城池，提防梁山泊強寇。便道經過，聞知仁兄在此祝家莊，特來相探。本待從前門來，因見村口莊前俱屯下許多軍馬，不敢過來，特地尋覓村裏，從小路問道莊後，入來拜望仁兄。”欒廷玉道：“便是這幾時連日與梁山泊強寇廝殺，已拿得他幾個頭領在莊裏了。只要捉了宋江賊首，一併解官。天幸今得賢弟來此間鎮守，正如錦上添花，旱苗得雨。”孫立笑道：“小弟不才，且看相助捉拿這廝們，成全兄長之功。”

欒廷玉大喜。當下都引一行人進莊裏來，再拽起了吊橋，關上了莊門。孫立一行人安頓車仗人馬，更換衣裳，都出前廳來相見。祝朝奉與祝龍、祝虎、祝彪三傑都相見了。一家兒都在廳前相接。欒廷玉引孫立等上到廳上相見。講禮已罷，便對祝朝奉說道："我這個賢弟孫立，綽號病尉遲，任登州兵馬提轄。今奉總兵府對調他來鎮守此間鄆州。"祝朝奉道："老夫亦是治下。"孫立道："卑小之職，何足道哉。早晚也要望朝奉提攜指教。"祝氏三傑相請眾位尊坐。孫立動問道："連日相殺，征陣勞神。"祝龍答道："也未見勝敗。眾位尊兄鞍馬勞神不易。"孫立便叫顧大嫂引了樂大娘子叔伯姆兩個，去後堂拜見宅眷。喚過孫新、解珍、解寶參見了，說道："這三個是我兄弟。"指着樂和便道："這位是此間鄆州差來取的公吏。"指着鄒淵、鄒潤道："這兩個是登州送來的軍官。"祝朝奉併三子雖是聰明，卻見他又有老小並許多行李車仗人馬，又是欒廷玉教師的兄弟，哪裏有疑心。只顧殺牛宰馬，做筵席管待眾人，且飲酒食。

　　過了一兩日，到第三日，莊兵報道："宋江又調軍馬殺奔莊上來了。"祝彪道："我自去上馬拿此賊。"便出莊門，放下吊橋，引一百餘騎馬軍殺將出來。早迎見一彪軍馬，約有五百來人，當先擁出那個頭領，彎弓插箭，拍馬掄槍，乃是小李廣花榮。祝彪見了，躍馬挺槍，向前來鬥。花榮也縱馬來戰祝彪。兩個在獨龍岡前，約鬥了十數合，不分勝敗。花榮賣了個破綻，撥回馬便走，引他趕來。

祝彪正待要縱馬追去，背後有認得的說道：“將軍休要去趕，恐防暗器，此人深好弓箭。”祝彪聽罷，使勒轉馬來不趕，領回人馬，投莊上來，拽起吊橋。看花榮時，也引軍馬回去了。祝彪直到廳前下馬，進後堂來飲酒。孫立動問道：“小將軍今日拿得甚賊？”祝彪道：“這廝們夥裏有個甚麼小李廣花榮，槍法好生了得。鬥了五十餘合，那廝走了。我卻待要趕去追他，軍人們道那廝好弓箭，因此各自收兵回來。”孫立道：“來日看小弟不才，拿他幾個。”當日筵席上叫樂和唱曲，眾人皆喜。至晚席散，又歇了一夜。

到第四日午牌，忽有莊兵報道：“宋江軍馬又來在莊前了。”當下祝龍、祝虎、祝彪三子都披掛了，出到莊前門外，遠遠地望見，早聽得鳴鑼擂鼓，吶喊搖旗，對面早擺成陣勢。這裏祝朝奉坐在莊門上，左邊欒廷玉，右邊孫提轄，祝家三傑並孫立帶來的許多人伴，都擺在兩邊。早見宋江陣上豹子頭林冲高聲叫罵。祝龍焦躁，喝叫放下吊橋，綽槍上馬，引一二百人馬，大喊一聲，直奔林冲陣上。莊門下擂起鼓來。兩邊各把弓弩射住陣腳。林冲挺起丈八蛇矛，和祝龍交戰，連鬥到三十餘合，不分勝敗。兩邊鳴鑼，各回了馬。祝虎大怒，提刀上馬，跑到陣前高聲大叫："宋江決戰！"説言未了，宋江陣上早有一將出馬，乃是沒遮攔穆弘，來戰祝虎。兩個鬥了三十餘合，又沒勝敗。祝彪見了大怒，便綽槍飛身上馬，引二百餘騎奔到陣前。宋江隊裏病關索楊雄，一騎馬，一條槍，飛搶出來戰祝彪。孫立看見兩隊兒在陣前廝殺，心中忍耐不住，便喚孫新："取我的鞭槍來，就將我的衣甲頭盔袍襖把來。"披掛了，牽過自己馬來，這騎馬號烏騅馬，鞴上鞍子，扣了三條肚帶，腕上懸了虎眼鋼鞭，綽槍上馬。祝家莊上一聲鑼響，孫立出馬在陣前。宋江陣上林冲、穆弘、楊雄都勒住馬，立於陣前。孫立早跑馬出來，説道："看小可捉這廝們。"孫立把馬兜住，喝問道："你那賊兵陣上有好廝殺的，出來與我決戰！"宋江陣內鸞鈴響處，一騎馬跑將出來，眾人看時，乃是拚命三郎石秀，來戰孫立。兩馬相交，雙槍並舉，四條臂膊縱橫，八隻馬蹄撩亂。兩個鬥到五十合，孫立賣個破綻，讓石秀一槍搠入來，虛閃一個過，把石秀輕輕地從馬上捉過來，直挾到莊前撇下，喝道："把來縛了！"祝家三子把宋江軍馬一攪，都趕散了。

三子收軍，回到門樓下，見了孫立，眾皆拱手欽伏。孫立便問道："共是捉得幾個賊人？"祝朝奉道："起初先捉得一個時遷，次後拿得一個細作楊林，又捉得一個黃信。扈家莊一丈青捉得一個王矮虎。陣上拿得兩個，秦明、鄧飛。今番將軍又捉得這個石秀，這廝正是燒了我店屋的。共是七個了。”孫立道：“一個也不要壞他，快做七輛囚車裝了，與些酒飯，將養身體，休教餓損了他，不好看。他日拿了宋江，一併解上東京去，教天下傳名，説這個祝家莊三子。”祝朝奉謝道：“多幸得提轄相助，想是這梁山泊當滅也。”邀請孫立到後堂筵宴。石秀自把囚車裝了。

看官聽説：石秀的武藝不低似孫立，要賺祝家莊人，故意教孫立捉了，使他莊上人一發信他。孫立又暗暗地使鄒淵、鄒潤、樂和去後房裏把門戶都看了出入的路數。楊林、鄧飛見了鄒淵、鄒潤，心中暗喜。樂和張看得沒人，便透個消息與眾人知了。顧大嫂與樂大娘子在裏面，已看了房戶出入的門徑。話休絮繁。一是祝家莊當敗，二乃惡貫滿盈，早是祝家莊坦然不疑。

至第五日，孫立等眾人都在莊上閒行。當日辰牌時候，早飯已罷，只見莊兵報道：“今日宋江分兵做四路來打本莊。”孫立道：“分十路待怎地！你手下人且不要慌，早作準備便了。先安排些撓鈎套索，須要活捉，拿死的也不算！”莊上人都披掛了。祝朝奉親自也引着一班兒上門樓來看時，見正東上一彪人馬，當先一個頭領乃是豹子頭林冲，背後便是李俊、阮小二，約有五百以上人馬在此；正西上又有五百來人馬，當先一個頭領乃是小李廣花榮，隨背後是張橫、張順；正南門樓上望時，也有五百來人馬，當先三個頭領乃是沒遮攔穆弘，病關索楊雄，黑旋風李逵。四面都是兵馬。戰鼓齊鳴，喊聲大舉。欒廷玉聽了道："今日這廝們廝殺，不可輕敵。我引了一隊人馬出後門殺這正西北上的人馬。"祝龍道："我出前門殺這正東上的人馬賊兵。"祝虎道："我也出後門殺那正南上的人馬。"祝彪道："我也出前門捉宋江，是要緊的賊首。"祝朝奉大喜，都賞了酒。各人上馬，盡帶了三百餘騎奔出莊門。其餘的都守莊院，門樓前吶喊。此時鄒淵、鄒潤已藏了大斧，只守在監門左側。解珍、解寶藏了暗器，不離後門。孫新、樂和已守定前門左右。顧大嫂先撥人兵保護樂大娘子，卻自拿了兩把雙刀在堂前踅。只聽風聲，便乃下手。

且說祝家莊上擂了三通戰鼓，放了一個炮，把前後門都開，放了吊橋，一齊殺將出來。四路軍兵出了門，四下裏分投去廝殺。臨後孫立帶了十數個軍兵，立在吊橋上。門裏孫新便把原帶來的旗號插起在門樓上。樂和便提着槍直唱將入來。鄒淵、鄒潤聽得樂和唱，便唿哨了幾聲，掄動大斧，早把守監房的莊兵砍翻了數十個，便開了陷車，放出七個大蟲來，各各尋了器械，一聲喊起。顧大嫂掣出兩把刀，直奔入房裏，把應有婦人，一刀一個盡都殺了。祝朝奉見頭勢不好了，卻待要投井時，早被石秀一刀剁翻，割了首級。那十數個好漢分投來殺莊兵。後門頭解珍、解寶便去馬草堆裏放起把火，黑焰沖天而起。四路人馬見莊上火起，併力向前。祝虎見莊裏火起，先奔回來。孫立守在吊橋上，大喝一聲："你那廝哪裏去！"攔住吊橋。祝虎省得，便撥轉馬頭，再奔宋江陣上來。這裏呂方、郭盛，兩戟齊舉，早把祝虎和人連馬搠翻在地，眾軍亂上，剁作肉泥。前軍四散奔走。孫立、孫新迎接宋公明入莊。且說東路祝龍鬥林冲不住，飛馬望莊後而來。到得吊橋邊，見後門頭解珍、解寶把莊客的屍首一個個攛將下來，火焰裏祝龍急回馬望北而走，猛然撞着黑旋風，踴身便到，掄動雙斧，早砍翻馬腳。祝龍措手不及，倒撞下來，被李逵只一斧，把頭劈翻在地。祝彪見莊兵走來報知，不敢回，直望扈家莊投奔，被扈成叫莊客捉了，綁縛下。正解將來見宋江，恰好遇着李逵，只一斧，砍翻祝彪頭來，莊客都四散走了。李逵再掄起雙斧，便看着扈成砍來。扈成見局面不好，拍馬落荒而走，棄家逃命，投延安府去了。後來中興內也做了個軍官武將。且說李逵正殺得手順，直搶入扈家莊裏，把扈太公一門老幼盡數殺了，不留一個。叫小嘍囉牽了有的馬匹，把莊裏一應有的財賦，捎搭有四五十馱，將莊院門一把火燒了，卻回來獻納。

再說宋江已在祝家莊上正廳坐下，眾頭領都來獻功，生擒得四五百人，奪得好馬五百餘匹，活捉牛羊不計其數。宋江看了，大喜道："只可惜殺了欒廷玉那個好漢。"正嗟歎間，聞人報道："黑旋風燒了扈家莊，砍得頭來獻納。"宋江便道："前日扈成已來投降，誰教他殺了此人？如何燒了他莊院？"只見黑旋風一身血污，腰裏插着兩把板斧，直到宋江面前唱個大喏，說道："祝龍是兄弟殺了，祝彪也是兄弟砍了，扈成那廝走了，扈太公一家都殺得乾乾淨淨，兄弟特來請功。"宋江喝道："祝龍曾有人見你殺了。別的怎地是你殺了？"黑旋風道："我砍得手順，望扈家莊趕去，正撞見一丈青的哥哥解那祝彪出來，被我一斧砍了。只可惜走了扈成那廝。他家莊上被我殺得一個也沒了。"宋江喝道："你這廝，誰叫你去來！你也須知扈成前日牽牛擔酒前來投降了，如何不聽得我的言語，擅自去殺他一家，故違了我的將令！"李逵道："你便忘記了，我須不忘記！那廝前日教那個鳥婆娘趕着哥哥要殺，你今卻又做人情。你又不曾和他妹子成親，便又思量阿舅、丈人。”宋江喝道：“你這鐵牛，休得胡説！我如何肯要這婦人？我自有個處置。你這黑廝拿得活的有幾個？”李逵答道：“誰鳥奈煩！見着活的便砍了。”宋江道：“你這廝違了我的軍令，本合斬首，且把殺祝龍、祝彪的功勞折過了。下次違令，定行不饒！”黑旋風笑道：“雖然沒了功勞，也吃我殺得快活！”

只見軍師吳學究引着一行人馬，都到莊上來與宋江把盞賀喜。宋江與吳用商議道，要把這祝家莊村坊洗盪了。石秀稟説起：“這鍾離老人仁德之人，指路之力，救濟大恩，也有此等善心良民在內，亦不可屈壞了這等好人。”宋江聽罷，叫石秀去尋那老人來。石秀去不多時，引着那個鍾離老人來到莊上，拜見宋江、吳學究。宋江取一包金帛賞與老人，永為鄉民：“不是你這個老人面上有恩，把你這個村坊盡數洗盪了，不留一家。因為你一家為善，以此饒了你這一境村坊人民。”那鍾離老人只是下拜。宋江又道：“我連日在此攪擾你們百姓，今日打破了祝家莊。與你村中除害，所有各家，賜糧米一石，以表人心。”就着鍾離老人為頭給散。一面把祝家莊多餘糧米，盡數裝載上車。金銀財賦，犒賞三軍眾將。其餘牛羊騾馬等物，將去山中支用。打破祝家莊得糧五千萬石。宋江大喜。大小頭領將軍馬收拾起身。又得若干新到頭領：孫立、孫新、解珍、解寶、鄒淵、鄒潤、樂和、顧大嫂，並救出七個好漢。孫立等將自己馬也捎帶了自己的財賦，同老小樂大娘子，跟隨了大隊軍馬上山。當有村坊鄉民扶老挈幼，香花燈燭，於路拜謝……宋江把這祝家莊兵都收在部下，一行軍馬盡出村口。鄉民百姓，自把祝家莊村坊拆作白地。

話分兩頭。且說撲天鵰李應恰才將息得箭瘡平復，閉門在莊上不出，暗地使人常常去探聽祝家莊消息。已知被宋江打破了，驚喜相半。只見莊客入來報說："有本州知府帶領三五十部漢到莊，便問祝家莊事情。"李應慌忙叫杜興開了莊門，放下吊橋，迎接入莊。李應把條白絹搭膊絡着手，出來迎迓，邀請進莊裏前廳。知府下了馬，來到廳上，居中坐了。側首坐着孔目，下面一個押番，幾個虞候，階下盡是許多節級牢子。李應拜罷，立在廳前。知府問道："祝家莊被殺一事如何？"李應答道："小人因被祝彪射了一箭，有傷左臂，一向閉門，不敢出去，不知其實。"知府道："胡說！祝家莊見有狀子告你結連梁山泊強寇，引誘他軍馬打破了莊，前日又受他鞍馬羊酒，綵緞金銀，你如何賴得過？知情是你！”李應告道：“小人是知法度的人，如何敢受他的東西。”知府道：“難信你說。且提去府裏，你自與他對理明白。”喝叫獄卒牢子捉了，“帶他州裏去與祝家分辨。”兩下押番、虞侯把李應縛了，眾人簇擁知府上了馬。知府又問道：“哪個是杜主管杜興？”杜興道：“小人便是。”知府道：“狀上也有你名。一同帶去，也與他鎖了。”一行人都出莊門。當時拿了李應、杜興，離了李家莊，腳不停地解來。

行不過三十餘里，只見林子邊撞出宋江、林冲、花榮、楊雄、石秀一班人馬，攔住去路。林冲大喝道：“梁山泊好漢合夥在此！”那知府人等不敢抵敵，撇了李應、杜興，逃命去了。宋江喝叫：“趕上！”眾人趕了一程回來，說道：“我們若趕上時，也把這個鳥知府殺了。但自不知去向。”便與李應、杜興解了縛索，開了鎖，便牽兩匹馬過來，與他兩個騎了。宋江便道：“且請大官人上梁山泊躲幾時如何？”李應道：“卻是使不得。知府是你們殺了，不干我事。”宋江笑道：“官司裏怎肯與你如此分辨？我們去了，必然要負累了你。既是大官人不肯落草，且在山寨消停幾日，打聽得沒事了時，再下山來不遲。”當下不由李應、杜興不行，大隊軍馬中間如何回得來。一行三軍人馬，迤邐回到梁山泊了。

寨裏頭領晁蓋等眾人擂鼓吹笛，下山來迎接，把了接風酒，都上到大寨裏聚義廳上扇圈也似坐下。請上李應與眾頭領都相見了。兩個講禮已罷，李應稟宋江道："小可兩個已送將軍到大寨了，既與眾頭領亦都相見了。在此趨侍不妨，只不知家中老小如何，可教小人下山則個。"吳學究笑道："大官人差矣。寶眷已都取到山寨了，貴莊一把火已都燒作白地，大官人卻回哪裏去？"李應不信。早見車仗人馬，隊隊上山來。李應看時，卻見是自家的莊客並老小人等。李應連忙來問時，妻子說道："你被知府捉了來，隨後又有兩個巡檢引着四個都頭，帶領二百來土兵，到來抄扎家私。把我們好好地教上車子，將家裏一應箱籠、牛羊、馬匹、驢騾等項，都拿了去，又把莊院放起火來都燒了。"李應聽罷，只叫得苦。晁蓋、宋江都下廳伏罪道："我等弟兄們端的久聞大官人好處，因此行出這條計來，萬望大官人情恕！"李應見了如此言語，只得隨順了。宋江道："且請宅眷後廳耳房中安歇。"李應又見廳前廳後這許多頭領，亦有家眷老小在彼，便與妻子道："只得依允他過。"宋江等當時請至廳前敘說閒話，眾皆大喜。宋江便取笑道："大官人，你看我叫過兩個巡檢並那知府過來。”扮知府的是蕭讓，扮巡檢的兩個是戴宗、楊林，扮孔目的是裴宣，扮虞候的是金大堅、侯健。又叫喚那四個都頭，卻是李俊、張橫、馬麟、白勝。李應都見了，目睜口呆，言語不得。

宋江喝叫小頭目快殺牛宰馬與大官人陪話，慶賀新上山的十二位頭領，乃是：李應、孫立、孫新、解珍、解寶、鄒淵、鄒潤、杜興、樂和、時遷，女頭領扈三娘、顧大嫂同樂大娘子、李應宅眷，另做一席在後堂飲酒。正廳上大吹大擂，眾多好漢飲酒至晚方散。

次日又作席面，宋江主張，一丈青與王矮虎作配，結為夫婦。眾頭領都稱讚宋公明仁德之士。

注 釋

1 縲絏——拘繫犯人的繩索，引申為囚禁之意。

第十五回

石碣天授百八將
水泊英雄排座次

三打祝家莊後，官府多次派兵進剿梁山泊，均被殺退。交戰中，又收得呼延灼等名將上山。後來，晁蓋在攻打曾頭市時中箭身亡，宋江便統領了梁山人馬。又依吳用之計，賺得大名鼎鼎的北京盧大員外、外號叫作玉麒麟的盧俊義及其義僕燕青上山聚義。隨後，合力掃平曾頭市，為晁蓋報了仇。其間又降服前來征剿的軍官多人，並絡繹結納各處來投奔入夥的各路好漢，山寨愈加興旺。為了籌集兵馬糧草，宋江又率軍打下東平、東昌兩府。

話說宋公明一打東平，兩打東昌，回歸山寨忠義堂上，計點大小頭領共有一百八員，心中大喜，遂對眾兄弟道：“宋江自從鬧了江州，上山之後，皆賴託眾弟兄英雄扶助，立我為頭。今者共聚得一百八員頭領，心中甚喜。自從晁蓋哥哥歸天之後，但引兵馬下山，公然保全，此是上天護佑，非人之能。縱有被擄之人，陷於縲紲，或是中傷回來，且都無事。被擒捉者，俱得天佑，非我等眾人之能也。今者一百八人，皆在面前聚會，端的古往今來，實為罕有！如今兵刃到處，殺害生靈，無可禳謝大罪。我心中欲建一羅天大醮，報答天地神明眷佑之恩。一則祈保眾兄弟身心安樂；二則惟願朝廷早降恩光，赦免逆天大罪，眾當竭力捐軀，盡忠報國，死而後已；三則上薦晁天王早生仙界，世世生生，再得相見。就行超度橫亡惡死，火燒水溺，一應無辜被害之人，俱得善道。我欲行此一事，未知眾弟兄意下若何？”眾頭領都稱道：“此是善果好事，哥哥主見不差。”吳用便道：“先請公孫勝一清主行醮事，然後令人下山，四邊邀請得道高士，就帶醮器赴寨。仍使人收買一應香燭紙馬，花果祭儀，素饌淨食，並合用一應物件。”商議選定四月十五日為始，七晝夜好事。山寨廣施錢財，督併幹辦。日期已近，向那忠義堂前，掛起長旛四首。堂上紮縛三層高台。堂內鋪設七寶三清聖像。兩班設二十八宿，十二宮辰，一切主醮星官真宰。堂外仍設監壇崔、盧、鄧、竇神將。擺列已定，設放醮器齊備。請到道眾，連公孫勝共是四十九員。

是日晴明得好，天和氣朗，月白風清。宋江、盧俊義為首，吳用與眾頭領為次拈香，公孫勝作高功，主行齋事，關發一應文書符命，不在話下。

當日公孫勝與那四十八員道眾，都在忠義堂上做醮，每日三朝，至第七日滿散。宋江要求上天報應[1]，特教公孫勝專拜青詞[2]，奏聞天帝，每日三朝。卻好至第七日三更時分，公孫勝在虛皇壇第一層，眾道士在第二層，宋江等眾頭領在第三層，眾小頭目並將校都在壇下，眾皆懇求上蒼，務要拜求報應。是夜三更時候，只聽得天上一聲響，如裂帛相似，正是西北乾方天門上。眾人看時，直豎金盤，兩頭尖，中間闊，又喚作天門開，又喚作天眼開。裏面毫光射人眼目，霞彩繚繞，從中間捲出一塊火來，如栲栳之形，直滾下虛皇壇來。那團火繞壇滾了一遭，竟攢入正南地下去了。此時天眼已合，眾道士下壇來。宋江隨即叫人將鐵鍬鋤頭掘開泥土，跟尋火塊。那地下掘不到三尺深淺，只見一個石碣，正面兩側各有天書文字。……當下宋江且教化紙滿散，平明，齋眾道士，各贈與金帛之物，以充襯資。方才取過石碣看時，上面乃是龍章鳳篆蝌蚪之書，人皆不識。眾道士內有一人，姓何，法諱玄通，對宋江説道：“小道家間祖上留下一冊文書，專能辨驗天書。那上面自古都是蝌蚪文字，以此貧道善能辨認。譯將出來，便知端的。”宋江聽了大喜，連忙捧過石碣，教何道士看了，良久説道：“此石都是義士大名，鐫在上面。側首一邊是‘替天行道’四字，一邊是‘忠義雙全’四字。頂上皆有星辰南北二斗，下面卻是尊號。若不見責，當以從頭一一敷宣。”宋江道：“幸得高士指迷，拜謝不淺！若蒙先生見教，實感大德！惟恐上天見責之言，請勿藏匿，萬望盡情剖露，休遺片言。”宋江喚過聖手書生蕭讓，用黃紙謄寫。何道士乃言：“前面有天書三十六行，皆是天罡星。背後也有天書七十二行，皆是地煞星。下面註着眾義士的姓名。”觀看良久，教蕭讓從頭至後，盡數抄謄。

石碣前面書梁山泊天罡星三十六員：

天魁星呼保義宋江　　天罡星玉麒麟盧俊義

天機星智多星吳用　　天閒星入雲龍公孫勝

天勇星大刀關勝　　天雄星豹子頭林冲

天猛星霹靂火秦明　　天威星雙鞭呼延灼

天英星小李廣花榮　天貴星小旋風柴進
天富星撲天鵰李應　天滿星美髯公朱仝
天孤星花和尚魯智深　天傷星行者武松
天立星雙槍將董平　天捷星沒羽箭張清
天暗星青面獸楊志　天祐星金槍手徐寧
天空星急先鋒索超　天速星神行太保戴宗
天異星赤髮鬼劉唐　天殺星黑旋風李逵
天微星九紋龍史進　天究星沒遮攔穆弘
天退星插翅虎雷橫　天壽星混江龍李俊
天劍星立地太歲阮小二　天竟星船火兒張橫
天罪星短命二郎阮小五　天損星浪裏白條張順
天敗星活閻羅阮小七　天牢星病關索楊雄
天慧星拚命三郎石秀　天暴星兩頭蛇解珍
天哭星雙尾蠍解寶　天巧星浪子燕青

石碣背面書地煞星七十二員：
地魁星神機軍師朱武　地煞星鎮三山黃信
地勇星病尉遲孫立　地傑星醜郡馬宣贊
地雄星井木犴郝思文　地威星百勝將韓滔
地英星天目將彭玘　地奇星聖水將單廷珪

地猛星神火將魏定國　　地文星聖手書生蕭讓

地正星鐵面孔目裴宣　　地闊星摩雲金翅歐鵬

地闔星火眼狻猊鄧飛　　地強星錦毛虎燕順

地暗星錦豹子楊林　　地軸星轟天雷淩振

地會星神算子蔣敬　　地佐星小溫侯呂方

地佑星賽仁貴郭盛　　地靈星神醫安道全

地然星紫髯伯皇甫端　　地微星矮腳虎王英

地慧星一丈青扈三娘　　地暴星喪門神鮑旭

地然星混世魔王樊瑞　　地猖星毛頭星孔明

地狂星獨火星孔亮　　地飛星八臂哪吒項充

地走星飛天大聖李袞　　地巧星玉臂匠金大堅

地明星鐵笛仙馬麟　　地進星出洞蛟童威

地退星翻江蜃童猛　　地滿星玉旛竿孟康

地遂星通臂猿侯健　　地周星跳澗虎陳達

地隱星白花蛇楊春　　地異星白面郎君鄭天壽

地理星九尾龜陶宗旺　　地俊星鐵扇子宋清

地樂星鐵叫子樂和　　地捷星花項虎龔旺

地速星中箭虎丁得孫　　地鎮星小遮攔穆春

地嵇星操刀鬼曹正　　地魔星雲裏金剛宋萬

地妖星摸着天杜遷　　地幽星病大蟲薛永

地伏星金眼彪施恩	地僻星打虎將李忠
地空星小霸王周通	地孤星金錢豹子湯隆
地全星鬼臉兒杜興	地短星出林龍鄒淵
地角星獨角龍鄒閏	地囚星旱地忽律朱貴
地藏星笑面虎朱富	地平星鐵臂膊蔡福
地損星一枝花蔡慶	地奴星催命判官李立
地察星青眼虎李雲	地惡星沒面目焦挺
地醜星石將軍石勇	地數星小尉遲孫新
地陰星母大蟲顧大嫂	地刑星菜園子張青
地壯星母夜叉孫二娘	地劣星活閃婆王定六
地健星險道神郁保四	地耗星白日鼠白勝
地賊星鼓上蚤時遷	地狗星金毛犬段景住

當時何道士辨驗天書，教蕭讓寫錄出來。讀罷，眾人看了，俱驚訝不已。宋江與眾頭領道：“鄙猥小吏，原來上應星魁。眾多弟兄，也原來都是一會之人。今者上天顯應，合當聚義。今已數足，上蒼分定位數，為大小二等。天罡、地煞星辰，都已分定次序。眾頭領各守其位，各休爭執，不可逆了天言。”眾人皆道：“天地之意，物理數定，誰敢違拗！”宋江遂取黃金五十兩酬謝何道士。其餘道眾，收得經資，收拾醮器，四散下山去了。……宋江與

軍師吳學究、朱武等計議，堂上要立一面牌額，上書“忠義堂”三字，山頂上立一面杏黃旗，上書“替天行道”四字。忠義堂前繡字紅旗二面：一書“山東呼保義”，一書“河北玉麒麟”。

宋江揀了吉日良時，焚一爐香，鳴鼓聚眾，都到堂上。宋江對眾道：“今非昔比，我有片言。今日既是天罡地曜相會，必須對天盟誓，各無異心，死生相託，吉凶相救，患難相扶，一同保國安民。”眾皆大喜。各人拈香已罷，一齊跪在堂上。宋江為首誓曰：“宋江鄙猥小吏，無學無能，荷天地之蓋載，感日月之照臨，聚弟兄於梁山，結英雄於水泊。共一百八人，上符天數，下合人心。自今以後，若是各人存心不仁，削絕大義，萬望天地行誅，神人共戮，萬世不得人身，億載永沉末劫。但願共存忠義於心，同著功勳於國，替天行道，保境安民。神天察鑒，報應昭彰。”誓畢，眾皆同聲共願，但願生生相會，世世相逢，永無斷阻。當日歃血誓盟，盡醉方散。看官聽説：這裏方才是梁山泊大聚義處。起頭分撥已定，話不重言。

注 釋

1 報應——這裏的意思是上天給的顯示。

2 青詞——傳説祭神時將請求的願望寫在青紙上，燒了這張紙，神便可以接受請求。這張青紙上所寫的文字，就叫作青詞。